Inom en snar fram
med historiska
konkurrera om a
sociala och politis

John Free är en kr
andra inbördeskriget och nu medborgare i Nya
Kalifornien, den "liberala" eller åtminstone icke-
fascistiska sidan i det stora kriget. Sårad, tvingad att
göra fruktansvärda saker och fatta beslut i desperata
scenarier där ingen vinner, utan moralisk och etisk
klarhet, söker han bara efter ett nytt uppdrag för att
dränka sitt elände.

Dagligen överväger han att sätta en kula i huvudet men
avstår på grund av ett löfte han gett till en döende
kamrat ... men han räddas och får ett syfte av en
osannolik allierad.

John Free och InterventionX:

Bodhisattva-krigen

av David Apricot
Meta Mad Böcker

ISBN: 978-1-7635551-0-5
Omslagsbilden är gjord av författaren.
Satt i Palatino Linotype 10pt.
Första upplagan.

Denna bok är ett verk av fiktion och social satir om en imaginär framtid som förhoppningsvis aldrig kommer att inträffa. Alla likheter mellan karaktärer och verkliga personer, levande eller döda, är rent slumpmässiga.

Inga AI-skrivverktyg användes vid skapandet av denna berättelse. Jag skrev vartenda ord. I versioner på främmande språk användes DeepL.com som översättningstjänst.

FÖR ALLA GEEZERS DÄR UTE.
OCH BILL, SOM KÖPTE EN ORDBOK TILL MIG

1

...Enligt bevis som offentliggjordes först flera år senare, den 24 januari 2028, dog president Donald Trump, som just hade installerats för en tredje mandatperiod, av komplikationer under en operation för att transplantera sin sjuka hjärna till en genetiskt förbättrad superkropp. Operationen var ett försök av Trumps handläggare att förhindra hans förestående död. Fakta kring Trumps bisarra livsförlängningsprogram och dess konservativa, evangelikala uppbackare kommer inte att diskuteras här...

Team Trumps lösning för att hantera krisen var ursprungligen en animatronisk marionett av betydande sofistikerad kvalitet. Men dockan var otymplig... försök gjordes att använda AI-genererade förfalskningar och till slut etablerades en fullfjädrad AI som tränats på Trumps ansikte, röst, beteende och personlighet för att leverera video och ljud, medan dockan användes för distansbilder av presidenten i limousinen, sittande på Airforce One osv....

...Charaden fortsatte till långt in på 2030 men övergavs i och med konstruktionen av Team Trump AGI-personligheten. AGI:n utvecklades och tränades ursprungligen som ett skämt, men fick snabbt den Trumpska personligheten och ett helt nytt segment av den amerikanska allmänheten som sympatiserade med fascism godkände och applåderade.

Samtidigt, och särskilt på västkusten, skapades i början av 2030-talet federala dödsläger och etniska rensningsprogram för att utrota etniska minoriteter, homosexuella och "vänsteranhängare", vilket ledde till en separatistisk rörelse i Kalifornien som växte till att omfatta Oregon och Washington State. Baha California anslöt sig som en autonom region (utsedd till vegan) när den mexikanska regeringen gick med på avtalet. Under denna period flydde ett stort antal tjänstemän och yrkesarbetare till väst eller tvingades lämna delstaterna öster om den 100:e meridianen. På grund av klimatförändringarna hade större delen av Texas, Oklahoma, Arizona och den östra sidan av södra Kalifornien blivit för varma för mänsklig bebyggelse. Dessa områden bildade en "gråzon" där anarki i stil med "Mad Max" rådde - och flyktingar som drevs in i regionen dog av uttorkning och värmeslag.

Kriget anses vanligtvis ha börjat med undertecknandet av den andra självständighetsförklaringen (SDI) i Los Angeles den 1 maj 2035. Det tog formellt slut först 2045, när avtalet om att upphöra med fientligheterna (ACH) undertecknades i det som nu kallas Trumpistan (Atlanta, Georgia). Betydande strider ägde rum i Puget Sound, utanför södra Kaliforniens kust vid slaget om Catalinaöarna och i Las Vegas (vid den här tiden öde), Albuquerque och slutligen i Florida, där delar av delstaten som inte redan stod under vatten på grund av klimatförändringar blev brohuvuden för en invasion som iscensattes från Kuba och Yucatan. Team Trump erkände sig aldrig formellt besegrade, men handelsförbindelser med den nya federala regeringen i Kalifornien upprättades 2047. ACH, som undertecknades av Team Trumps mänskliga beteckningar, begränsade den maximala processorkraften hos Trumps AGI-personlighet till 2 petaFLOPS, med förbehåll för inspektion av ett internationellt tillsynsorgan.

När kriget var slut kom mer än en miljon krigsveteraner in i det civila livet på den nya kaliforniska sidan. Livet i Nya Kalifornien var utan tvekan bättre än i de gamla staterna, som de kallades, på grund av införandet av UBI - universell grundinkomst, som möjliggjorde en grundläggande nivå av näring och sociala tjänster, och kriminaliseringen av förbränningsmotorer, animaliska livsmedel och

3

livsmedelsprodukter samt snabbmatsfranchising. Utöver bekvämligheterna förankrade New California multikulturalism i sin konstitution och rörelser som transhumanism och robotliv tolererades.

Men efter tio år av oavbruten krigföring fick de återvändande krigsveteranerna ofta utstå frustration och ilska över konflikten. Precis som de som återvände från Vietnamkriget utsattes GI:s i den nya kaliforniska republiken för diskriminering och övergrepp av dem som de ironiskt nog hade kämpat för att skydda...

-Utdrag ur "The Second Civil War: Studies in Contemporary Sociology", utgiven av Houghton Mifflin, 2055.

2

"För hjältemod under militära operationer mot en fientlig styrka i och omkring Sankt Petersburg, Florida. Sergeant Curtis Mayfield utmärkte sig genom exceptionellt tapper strid den 6 april 2036, vid intagandet av stranden vid Tampa. Sergeant Mayfield utsatte sig ständigt för fientlig eld under anfallet och förhindrade många egna förluster genom att varna sina kamrater för ett fientligt bakhåll och rikta eld. Sergeant Mayfield fortsatte att skjuta effektivt mot

4

fienden även efter att ha blivit sårad. Hans uppvisning
av personligt mod och plikttrohet är i linje med de
högsta traditionerna inom militärtjänsten och ger ho-
nom själv, 40:e infanteridivisionen och New Califor-
nia Defense Force stort anseende."
- Bronsstjärneutmärkelse med "V"-märke, tilldelad
Sergeant Curtis Mayfield, 11 juni 2036.

3

"Varför väljer du att bo här ute, Free?" frågade
Mayfield. "Du skulle kunna bo ute vid kusten
och titta på valar."

"Jag tror att de alla svalt ihjäl." svarade Free.

"Nej, det finns fortfarande några där ute.
Åtminstone några stycken. Jag har sett dem."
Efter en stund sa Mayfield: "Är det här någon
sorts sjuk botgöring, att bo här ute bredvid förö-
delsen?" Mayfield betraktade utsikten från John
Frees rangliga, nedgångna gamla hus. Mayfield
trodde att utsikten skulle bli en utmärkt skylt för
alla fel saker: bombkratrar, skelett av utbrända
bilar och högar med skräp. De befann sig i San
Jose, nära det område som en gång kallats "Lilla
Saigon". Efter att kriget hade dragit fram fanns
inte mycket kvar.

"Varför är jag här? Tja, fastighetsvärdena kommer säkert att gå upp. Jag menar, de kan inte sjunka. Och låga skatter."

"Skatterna är låga eftersom den större regionala myndigheten anser att hela detta område är obeboeligt."

"Och ändå. Titta bara på gatan."

"Du är en märklig man, Free."

"Jag kanske har en kvinna. En fin asiatisk kvinna."

"Jaha, det är det du gillar, va? OK, det skulle vara bra - till och med idealiskt. Men om det vore sant skulle jag se några bevis på det i det här råtthålet. Som en tandborste eller kanske en tampong."

Free suckade. "Ja, jag vet. Det här var min farfars hus. Det lämnades till mig i ett testamente. Men Cali har alltid varit mitt hem. Jag gillar dock just det här området på grund av alla vietnameser - Hmong.

"Svampen amungus, va?"

"Dessa människor ställde sig på Förenta staternas sida i ett krig för mer än sjuttio år sedan. De förlorade - vi förlorade. Och de stod inför säker död och förstörelse. Så de gav sig av, de flögs ut. I princip utan någonting. Sedan kom de till en ny plats, började om på nytt och byggde upp ett nytt liv. För mig är det kärnan i det vi kämpade för, möjligheten till mångkulturalism, att olika typer av människor kan leva tillsammans i fred."

Nu är allt förstört, men som barn brukade jag åka hit med min pappa för att besöka mina morföräldrar. Hit och till lilla Japan, och till alla de olika unika och intressanta platserna i San Francisco. Min pappa ville att jag skulle uppleva olika kulturer. Att vara afroamerikan innebar att jag redan hade en subkultur. Jag hade alla möjliga saker att ta upp: kulturkriget, svart historia, rasism, rädslans politik, fuck the police. Men han nöjde sig inte med att lära oss om det. Han ville att hans barn skulle se mer av Amerika än bara vitt och svart. Han ville att vi skulle lära oss det positiva. Även om allt i allmänhet verkade ganska sjukt."

"Det gillar jag. Men vet du vad jag gillar ännu mer?"

"Vadå?"

"*Bánh canh, baby!*"

"Nudlar, va. Jag ska bara tvätta av mig. Det finns ett ställe med nästan anständigt falskt fläskkött precis runt hörnet ... du kommer att älska det!"

"Jag äter inte ens faux gris, Free, för att inte tala om oink, oink. Jesus H. Kristus. Det låter äckligt."

Mayfields långa skägg hängde ner över hans karaktäristiska tie-die t-shirt. Han var en hippie i

hjärtat, kanske en själ som fångades i en dålig sy-
ratripp 1968 och skickades av den store anden för
att reinkarneras i ödemarken i efterkrigstidens
Amerika och därifrån rapportera om lidandet för
både människor och natur.

De gick. Många människor år 2047 gjorde det.

"Det stör mig att vi lämnar den här planeten i
sämre skick än vi hittade den. Jag önskar att mina
barn åtminstone kunde äta kött från djur."

"Men Free, du har ju inga barn."

"Huh...ja. Inte vad du vet."

"Just det."

Free log. "Jag minns min gamla farfar när han
grillade biff. Det var inget han gjorde varje dag,
det var något han gjorde på söndagar, eller
kanske om han hade fått en storvinst på Lotto.
Han lade kolbriketter i en liten järnhibachi ute på
terrassen, eldade upp den ordentligt och fick
kolen att brinna ner. Senare, när jag blev äldre,
fick jag privilegiet att starta elden."

"Biff, va? Jag har inget minne av att ha smakat
riktigt kött. Mina föräldrar var veganer."

"Så du har sagt. Veganer före klimatlagen. Det
är ju helt galet."

De klamrade sig fast vid sidan av den trånga
gatan som var fylld av elscootrar och enstaka au-
tomatiserade markfordon. Fordonstrafiken navi-
gerade med liten eller ingen hänsyn till

8

fotgängare eller annan lätt trafik, så att skotrarna var tvungna att vara reaktiva. Detta var inte av ondo; det var nödvändigt att stänga av de flesta säkerhetsfunktionerna för att få automatisk körning att fungera. Det beror på att konstruktörerna av auto-drive hade förväntat sig att vägarna skulle vara rena eller huvudsakligen befolkade av bilar, som det var före kriget. Efter kriget var de gator som inte bombats fulla av en miljon små skotrar, vagnar, till och med robotförsedda åsnor, och människor. Människor som gick. Det såg ut som Sydostasien 1965, fast med robotar.

Free njöt av det myllrande livet och aktiviteterna. Han visste att de flesta av dessa människor var fattiga, men han föreställde sig att deras tillvaro här, i Nya Kalifornien, var dramatiskt mycket bättre än livet skulle ha varit någon annanstans.

Överallt på planeten verkade det som om saker och ting var helt åt helvete. Men här var livet fortfarande möjligt. Med undantag för en och annan kvarlämnad landmina som exploderar och hindrar någon från att någonsin kunna gå igen, var saker och ting uthärdliga. Här var en viss nivå av fred och välstånd - till och med frihet - inte otänkbar. Free själv bar inte ens en pistol när han gick omkring i sitt dagliga liv.

9

Varje litet huvud på en liten scooter var en person, en fri tanke. Ett liv med en hel livshistoria, med ett hjärta och en hjärna. Några av scootrarna hade inte en förare, utan två: kanske en man och en kvinna, eller två unga pojkar som försökte ta sig till en väns ställe. Vissa skotrar hade fler passagerare än vad som verkade vara mänskligt möjligt, och vissa var som familjer på söndagstur, där alla drog i samma skoter, däcken pressades ihop och plast- eller bamburamen spändes hårt under deras vikt.

I bruset från gatutrafiken pekade Free mot ett stånd med en logotyp för ett dött kycklinghuvud ritat på en bit kartong - en indikation på möjligheten att få tag på riktigt fågelkött - men Mayfield skakade på huvudet. Han pekade istället på stället med det stora feta Buddhahuvudet. Free gjorde en grimas och gav med sig.

De tog med sig maten och ölen till baksidan av stället, där sval luft cirkulerade mellan träborden som stod placerade här och var på den ojämna ytan av en avstängd veranda som åtminstone var fri från vägdamm. Några asiatiska gängmedlemmar satt vid ett bord på baksidan, men Free brydde sig inte om dem.

De hade precis öppnat ölflaskorna när en representant från besättningen kom gående.

"Nguyen säger att du inte är välkommen här."

"Är det så?"

"Detta är ABZ Cali-territorium. Asian Bois. Gängmedlem. Du är inte välkommen."

Free var svagt road. "Vem av dem är Nguyen? Den äldre med det stora huvudet?"

Gängmedlemmen svarade inte, men det gjorde Curtis. "Jag tror att du har rätt, min vän. Han har verkligen ett stort huvud. Förmodligen hjärnan i gänget."

Free och Mayfield fortsatte att prata och skratta utan att bry sig. Till gängmedlemmarnas förvirring verkade de inte bry sig ett dugg.

Efter några minuter återvände den som Free nu betraktade som "Messenger boi". "Nguyen är mycket missnöjd med dig. Det är bäst att du går. Han varnade dig förra gången."

"Nu förstår du Curtis, det är precis den här typen av saker jag pratar om. Människor som bara inte fattar. De förstår inte värdet av multikulturalism. De förstår inte historien. Jag menar, varför utkämpade vi ett krig om inte för att dessa små snubbar ska kunna leva i fred?"

"Jag tror att du har rätt, min vän", sa Mayfield. "De verkar inte förstå så mycket. Och de förstår verkligen inte att de är på väg att få stryk."

Free reste sig upp och gick över den täckta uteplatsen/trädgården till bordet där gängmedlemmarna satt och hängde. Mayfield följde

efter några meter bakom och åt sidan. "Hej bud-
bärarpojken, kom hit. Ja, du. Förstår Nguyen en-
gelska?"

"Han förstår."

"Jag tvivlar på det. Säg att jag gillar hans tatuer-
ing, det är en fin drake."

"Han säger att du måste gå vidare."

"Det var faktiskt det jag tänkte säga till honom.
Säg till honom att det här kanske är hans territo-
rium, jag respekterar det, men det här är också
mitt grannskap. Jag bor här omkring. Om han
inte gillar det är det inte mitt problem, det är
hans. Jag tänker inte gå någonstans. Varsågod,
berätta för honom."

"Han säger att du är ganska dum."

Free och Mayfield skrattade båda två. "Oh
yeah. Det är det första korrekta du har sagt till
mig." Han tittade på Mayfield och sa: "De här
stackars dårarna ägnar sin tid åt att lalla runt,
begå småbrott och vara destruktiva istället för att
hjälpa sitt samhälle. Det gör mig missnöjd."

Mayfield började ta av sig sin tie dye t-shirt.
"Det stör mig också, grabben. Och jag förstår att
vi måste göra något åt det."

"Det verkar troligt."

"Det här är min favorittröja, brorsan. Jag vill
inte att den ska bli förstörd." Mayfield hade inte
Free's skrämmande breda axlar eller längd, men

12

hans bröst var täckt av ärr från skott, knivar och granatsplitter blandat med elaka tatueringar. Tatueringarna inkluderade ett Ranger's Platoondödshuvud, vindruvor och potatisknoppar, en val och en naken anime-dansös.

"Nguyen säger att du är en soldatpojke. Han säger att du är en snöflinga, en vit snöflinga", och pekar på Mayfield, "men du är ingen vit snöflinga, du är nigger." Messenger Boi-gängmedlemmen och hans kompisar skrattade gott åt det.

"Okej, Nguyen. Jag ska försöka en gång till. Normalt skulle jag bara börja slå ner dig och slita upp ett nytt rövhål bredvid det du pratar ur, men du har fångat mig i en övergångsperiod och jag försöker göra en förändring. Har du sett den där filmen? Har du sett den filmen? Okej, ta en titt på det här. Ser du prickarna? Vad tror du att de betyder?" Free hade lyft upp skjortärmen för att visa en tatuering på axeln. Den föreställde en Army Rangers dödskalle med basker, med delstaten Kalifornien i bakgrunden, och runt den på en banderoll fanns orden "death before dishonor" (död före vanära). Längst ner fanns några koncentriska cirklar. Han pekade på dem.

"Nguyen säger att han inte vet, inte bryr sig."

"De här är för att döda."

"Nguyen säger att han inte är imponerad av tre döda."

Mayfield och Free skrattade båda två. "Åh. Det är inte tre. Det är trehundra, min son. Trehundra bekräftade dödade."

"Nguyen säger att du ljuger. Han säger att du är full av skit."

"Nguyen kanske kan googla det. Försök med slaget vid Sankt Petersburg."

En av de yngre gängmedlemmarna började aktivera sitt armband men blev snabbt retad av sina kamrater.

Free var lugn och saklig. Han kände verkligen inte för att dansa med dessa dårar. De hade mammor, det förstod han. Han pekade på killen som hade försökt använda hans klocka och sa: "Det är den enda som är smart. OK Nguyen. Mitt sista ord. Du går din väg, vi går vår. Eller så sliter vi huvudena av er och pissar ner era halsar. Hur vill ni ha det?"

Nguyen viftade bort dem och trycket tycktes lätta något. Men det var bara ett ganska ynkligt försök till bedrägeri från Nguyens sida. Det visste Free och det visste han också.

Free letade efter ett tillgängligt vapen. Han räknade till tre i den omedelbara närheten. Han visste att det kloka blodet skulle göra motsatsen till att attackera - om han och Mayfield sprang som fan och de trodde att han var en fegis, kunde han organisera för eliminering av denna ABZ Cali-avdelning vid en tidpunkt och plats som han själv valde. Det fanns inget behov av en kraftmätning.

Men Free var inte i sinnesstämning för att göra det smarta, och Mayfield, visste han, var redo att gå med på vad Free än bestämde sig för att göra.

Mayfield tänkte att hans vän förmodligen skulle må väldigt bra av att få en rejäl omgång stryk. Free hade varit lite nere på sistone, bestämde han, och att spöa några gäng-medlemmar skulle utan tvekan muntra upp ho-nom rejält.

Under tiden löste fler i gänget problemet ge-nom att blockera den väg de hade kommit in på med en träbarrikad. De svingade kedjor och bar knivar - en hade en machete - men verkade inte ha några andra vapen. De närmade sig medan Nguyen ropade order och budbäraren skrek: "Du går ingenstans soldatpojken!"

"Barn, barn! Låt oss inte slåss!" kom från Free med handflatorna uppsträckta. Samtidigt rörde han sig snabbt framåt och fångade en av gäng-medlemmarna som retirerade för långsamt. Ett snabbt utfall och Frees handflata träffade gäng-medlemmens käke hårt med en uppåtriktad stöt och krossade den. Han blockerade ett slag från

15

vänster och snurrade runt med en rundspark mot bröstet på den mindre angriparen. Denne flög i luften.

Mayfield hade valt att besöka köket och efter att ha avfärdat en försvarare där vid fly screen med en hand mot halsen, återvände han till platsen med en kockkniv. Han blockerade en stöt från en angripare och slog till med knivens spets och skar av ett öra. Angriparen höll sig för huvudet i smärta och försökte stoppa blodflödet från såret. Mayfield stack kniven i magen på honom.

Free hade blivit tacklad av tre gängmedlemmar som slog honom mot bröstet, huvudet och ljumskarna. Han blockerade så gott han kunde och snurrade runt och drog med sig en av gängmedlemmarna i fallet. Free stack ut ett av hans ögon med en stöt från sitt långfinger och sparkade fortfarande på marken mot ljumsken på angriparen ovanför honom med sin häl. Sparken träffade rätt och bangern vek sig av smärta. Free sparkade igen. Den tredje mannen hade tagit tag i Free's skjorta och slog honom i ansiktet. Free fångade handleden, vände på den och bröt fingrarna på handen som låg på betonggolvet. Han svängde över med den andra handen och träffade slagskämpens öra med sin tillplattade handflata, så att trumhinnan gick sönder. Mannen skrek av smärta.

16

Nguyen var borta, men Free trodde att han skulle återvända inom kort med fler dödliga vapen. Han blev inte besviken. Nguyen och en stor ful banger återvände med hagelgevär. Free dök ner bakom ett massivt träbord när ett hagelskott träffade det.

Mayfield kastade kockkniven med avsevärd kraft och precision. Den fastnade i sidan av huvudet på Nguyens kamrat, hans hagelgevär föll ur händerna på honom ner på golvet och gick av, skottet träffade en av de andra bangers benen vid knäet när det studsade. Nguyen sköt mot Mayfield och missade nästan helt. Hylsan var laddad med hagel och några kulor träffade Mayfields lår.

Free avancerade i full fart med det tunga bordet som sköld och närmade sig Nguyen och fick ytterligare ett skott från pumpgeväret som blåste upp fragment av träbordet i luften. Han föll över Nguyen och bordet tryckte ner honom till marken i en hög. Mayfield, som blödde av hagel, återfick det andra hagelgeväret och mejade ner en av de kvarvarande bangers med ett skott direkt i bröstet, hans kedjevapen skramlade i golvet.

Från bordet tog Free tag i håret på Nguyens huvud med sin högra hand och började slå Nguyens huvud upp och ner mot betongen. Nguyens kamp och svordomar avtog när den rundhuvade mannens ansiktsuttryck ändrades från smärta till ångestfylld förbluffelse. Free fortsatte att slå tills han kände sig säker på att Nguyen inte utgjorde något hot. Med andra ord började blod och grå hjärnsubstans rinna från huvudet till en pöl på golvet. Free slutade banka och släppte taget om det som fanns kvar av Nguyens huvud.

Free reste sig långsamt upp och undersökte skadorna. Den var omfattande. Gäng-medlemmar och bitar av bord och stolar låg trasiga och sönderblåsta, blod och kroppsvätskor sprutade överallt och i sommarvärmen började de redan locka till sig flugor. Några av gäng-medlemmarna, som inte var döda, stönade av smärta. "Messenger boi", den som de hade använt som en provisorisk tolk, låg och gnydde.

Free trängde sig förbi avspärrningen och lämnade den provisoriska restaurangen för att gå ut på gatan, bara för att bli beskjuten. Solen bländar intensivt. En bil full av gängmedlemmar körde förbi i hög hastighet, utan att bry sig om de skotrar och fotgängare som den mejade ner på sin väg framåt. Mayfield riktade sitt hagelgevär mot bilen och sköt, pepprade de två passa-gerarna framför så att bilen körde in i sidan på kycklingskjulet och kraschade till ett stopp.

Pistolskott från baksidan av fordonet träffade Mayfield i bröstet och knuffade honom bakåt.

Free var omtöcknad av fallet mot tegelfasaden, han hade slagit i huvudet, men kröp framåt och kämpade för att stå upp. Bakdörren på fordonet öppnades och en gängmedlem kämpade för att ta sig ut. Free sprang och hann fram till dörren i tid och slog igen den så att han fastnade med pistolarmen och benet på gängmedlemmen, som skrek av smärta. Free tog tag i pistolen och slet bort den och bröt fingrar i processen. Genom det öppna sidofönstret sköt han de två bangerna i baksätet, en i bröstet och den andra i huvudet. Han klev fram och sköt föraren, som rörde på sig. Sedan sköt han framsätespassageraren för säkerhets skull. Nu var det ingen som rörde sig i bilen.

Free trängde sig fram genom de omkullvälta skotrarna och de gråtande fotgängarna för att leta efter sin vän. Han stannade och såg på i skräck och sorg.

Mayfield hade tagit sig upp och lutat sig mot väggen på en byggnad direkt på den smala gatan. Ett skott hade träffat bröstet, det andra magen. Såren var råa och fick hans överkropp att se ut som om den var gjord av kött. Hans blod rann ner och samlades i rännstenen på gatan nedanför där han satt, som rött regn som börjar rinna.

Mayfield försökte tala. Free kom närmare för att lyssna och lade sitt öra mot sin väns mun. "Free... John... det verkar som om jag inte kan rädda dig längre.... Skaffa dig ett liv, min vän. Hitta något att göra... som betyder något... rädda... de... jävla .... valarna...!"

Mayfield dog. Det röda regnet fortsatte att sippra ner i rännstenen i flera minuter till.

4

Free förstod inte att hans vän menade att han faktiskt skulle ge sig ut på en attackbåt och döda människor som jagade valar - även om han tänkte att Mayfield inte skulle ha motsatt sig en sådan plan, med tanke på att de nästan var utrotade. Nej, han tolkade Mayfield som att han var tvungen att göra något meningsfullt med sitt liv. Kriget hade sugit. Men kanske var det nödvändigt, tänkte han, kanske inte. Det spelade ingen roll. Han var tvungen att gå vidare.

Men Free visste åtminstone tillräckligt mycket om sig själv för att vara medveten om att han inte var mycket till tänkare, mer av en handlingsmänniska och professionell klant. Så hans första tanke efter begravningen och det verbala slag han hade fått ta emot från Mayfield Senior, och den allmänna misshandeln av samhället, och varningarna från den lokala polisen, och den fruktansvärda pressbevakningen som målade upp honom och hans närmaste vän som våldsamma galningar, var att se om han kunde komma tillbaka in i tjänsten. "Där är i alla fall nollor alltid välkomna", tänkte han.

5

John Free stod i givakt framför en disk i ett av de många popup-rekryteringscenter för armén som fanns i och runt Tenderloin. Rekryteringscentren flyttade från plats till plats i de sönderbombade områdena i San Francisco, men alla visste att de fanns där, som ett lockbete för de utslagna eller som en lockelse till hopp - eller åtminstone till ett anständigt jobb - i efterkrigstidens Nya Kalifornien. Free, en krigsveteran, hade kommit hit för att ta värvning igen.

"Jag förstår vad du menar Sergeant", sa rekryteraren. "Men det är inte möjligt. Det är synd för en man med din erfarenhet och dina meriter. Silverstjärna, Purpurhjärta, Cali Army Ranger-medalj, bakgrund inom specialoperationer. Du kan bli instruktör, kanske, om du söker till akademin. Men det är inte ett alternativ att ta värvning igen. Vi kan inte ta tillbaka dig."

"Varför inte?"

Rekryteraren var förtegen. "Tidsbegränsningar."

"Mandatperioder?"

"Det stämmer, den nya kaliforniska republikens policy gäller även för de väpnade styrkorna. Vi begränsar offentlig tjänst i en viss roll - det går hela vägen upp till toppen - till och med presidenten kan inte tjänstgöra mer än 4 år. Jag är säker på att du känner till skälen."

"Naturligtvis. Men även för militärtjänstgöring?"

"Ursprungligen var det tolv år för värnpliktiga, men så sent som i höstas kortades det ner till fyra 2-åriga perioder."

Free var förbryllad. Rekryteraren, en ung löjtnant, var sympatisk. "Jag har samma problem, bara på en annan tidsskala. Om tio år måste jag själv flytta vidare. Men du, du borde fortfarande ha din fulla pension. Och i ditt fall, en engångsbetalning på 10 000 dollar för att du frivilligt ställde upp för tjänstgöring som ledde till upprättandet av republiken."

"För att du är en förrädare, menar du."

22

Den yngre mannen sa inte direkt någonting.

"Det handlar inte om pengarna."

"Har du problem med att komma tillbaka till det civila livet? Jag vet att det är tufft där ute. Så mycket har förändrats."

"Det har det."

"Jag vet också att det är mycket skit som rörs upp om orsakerna till kriget. Veteraner blir ständigt påhoppade på sociala medier. Det är en massa skitsnack. Men det kommer att blåsa över."

"Jag försöker hålla mig borta från de plattformarna."

"Det var smart. Varför spenderar du inte lite av dina stipendiepengar? Kanske besöka ett nöjescenter? De säger att det inte finns något som går upp mot ett äkta Susan Calvin-designat SoapLand."

"Det gör de, eller hur?"

"Lycka till, sergeant."

Rekryteraren stämplade hans ansökan. På andra sidan disken kunde Free tydligt se de röda bokstäverna på sidan: "AVSLAG".

"Tack för din tjänst. Nästa!"

Den unge officeren vände sig till nästa i kön när Free tryckte upp bommen som var märkt "utgång" och stapplade ut från rekryteringskontoret. Ute i den friska luften vandrade han mot en

bänk och satte sig ner. Han kände sig besegrad.
Efter kanske en halvtimme sa han: "Dags att ta en
promenad på den vilda sidan, antar jag."
"Gör det du, grabben", sa en förbipasserande
gammal man som hade hört det. En liten
drönare, egentligen bara en leksak av det slag
man kan hitta i vilken leksaksaffär som helst,
kom till mannen och landade i hans hand när han
sträckte fram den. "Duktig pojke", sade han.
Leksaksdrönaren projicerade en 2 tum hög 3d-
bild av en spaniel. Spanieln skällde.

6

Några timmar senare gick Free rakt in i fienden.
Eller åtminstone den senaste fienden. In i den
amerikanska arméns rekryteringscenter. San
Francisco hade ett par sådana, men det här drevs
från den amerikanska ambassaden. Free observ-
erade att det verkade gå bra. Han närmade sig
den första barriären, ställde sig i kö och utmana-
des av adjutanten, som stod bakom en ge-
nomskinlig men skottsäker sköld. "Vad gäller
saken, tack?"
"Jag är intresserad av att ta värvning."
Adjutanten tittade upp och ner på Free.

"Är det något problem?"

"Inga problem. Alla är fria att ansöka. Identifiering."

Free tog fram sin kedjekod för New Californian Republic och lade den i brickan. Den drogs in i adjutantens sida. "Har du ett *amerikanskt* ID-kort?" frågade adjutanten. "Före kriget, menar jag."

"Jag verkar ha kommit utan en."

"Ibland vill människor återvända till sitt hemland och återfå sitt besegrade amerikanska medborgarskap. Vi välkomnar alla att återvända och kräva sina födelserättigheter."

"Måste jag avsäga mig mitt medborgarskap i New Cali för att kunna ta värvning?"

"Det är önskvärt, men inte lagstadgat." Adjutanten återlämnade Fries ID-kort, ansiktet blev tomt och rösten mekanisk. "Vänligen kliv fram till den röda linjen." Adjutanten gjorde en kontrollerad handrörelse, ett svep från höger till vänster, som indikerade att Free skulle fortsätta. Free tog sig förbi barriären och ställde sig i kö för att bli skannad efter vapen - och andra saker.

Skylten varnade för allvarliga konsekvenser om han skulle bära på odeklarerade vapen, inbäddade explosiva anordningar, mekanisk förstärkning eller nanopartiklar.

"Något att deklarera? Packar du?"

"Jag är obeväpnad. Jag låter mig visiteras", sa han till vakten. "Splitter."

"Den är programmerad för det. Ett ögonblick!" Vakten höll sin högra hand mot öronsnäckan och lyssnade. "Kan du vara snäll och gå igenom." Han gestikulerade åt Free att fortsätta.

Omedelbart gick larmet och Free fann sig omringad av beväpnade vakter med dragna vapen. "Händerna på huvudet!"

Free höll sig lugn, rörde sig långsamt och höjde händerna mot huvudet. "Jag lyder order."

Free försågs med handfängsel på ryggen och fotbojor på fötterna. Han leddes framåt och bort från flödet av gångtrafikanter och in i ett sidorum. De ledde honom till en disk med skottsäkert glas.

En underofficer kom fram till skrivbordet och mätte upp Free. "Namn?"

"John Free"

"Rank och Cali servicenummer?"

"Sergeant första klass - VX0001027." "VX" betydde att Free hade anmält sig frivilligt.

"1027? Det är nog den lägsta seriekod jag har sett. När började du tjänstgöra?"

"2034."

"Och du var en stridande? Såg du mycket action?"

"Det kan man säga." Free var ganska säker på att han hade gjort ett misstag som kom till ett rekryteringscenter på ambassaden, det ansågs vara amerikansk mark. Förmodligen skulle de arrestera honom - kanske till och med ställa honom inför rätta som förrädare.

Men underofficeren log. "Ta av honom handbojorna." När han hade fått av handbojorna signalerade underofficeren till vakterna att leda honom till väntrummet. Han fick ett nummer och väntade tills det kom upp på ledartavlan. "Den här vägen, tack."

Han leddes in i ett kontor med ett brett bord. Tvärs över bordet satt underofficeren och en annan man, yngre och civilklädd. "Jag är Master Seargent Robert West och det här är vår politiska attaché, Brian Cox från Team Trump. Varsågod och sitt, sergeant Free."

"Tack så mycket."

"Jag måste informera dig om att denna intervju spelas in och kommer att arkiveras permanent av USA:s regering."

"Visst."

"Jag förstår att du vill ta värvning i den amerikanska armén."

"Det är sant", sa Free.

"Får jag fråga varför?"

"Soldatyrket är allt jag kan. Det råkar också vara något jag är bra på. Jag fick sparken för några veckor sedan och ser verkligen inte mig själv passa in - i det civila livet, menar jag. Jag försökte ta värvning i min gamla trupp men fick avslag."

"Och varför var det så?" -detta från Cox, attachén.

"Tidsbegränsningar?" avbröt underofficeren.

"Ja. Mandatperioden begränsas."

Underofficeren förklarade kortfattat den nya lagen. Attachén var otroligt förvånad. "Nåväl, fortsätt då. Så du blev inte avvisad av någon annan anledning? Inte en bög eller något?"

"Nej."

Attachén fortsatte. "Jag skulle vilja visa dig några övervakningsbilder, sergeant Free. Det här är från några år tillbaka, den 12 november 2035, i utkanten av Atlanta. Den fångades av en observationsdrönare..."

Filmen visade en rasande soldat som skickligt mejade ner de amerikanska trupperna och sedan undvek en drönarattack i första person med någon form av personligt försvar. Istället för att explodera föll den attackerande drönaren till marken utan att explodera. Den rasande soldaten återaktiverade sedan drönaren med en styrenhet och flög den in i en fientlig befästning, vilket

28

orsakade en enorm explosion. Filmen stannade och kameran zoomade in och frös på en bildruta som visade en närbild av ett ansikte.

"Känner du igen dig, sergeant?"

Free blev skakad av att se filmen på sig själv och kände en skakning av adrenalin och rädsla genom sig men försökte hålla sig lugn utåt. "Jag tror inte att det är jag, men även om det vore det, vad spelar det för roll?"

"Vi är intresserade av tekniken", sade attachén. "Drönare. Styrning av drönare. Jag kan försäkra er om avsevärda fördelar, mycket stora ekonomiska fördelar, om ni kunde hjälpa oss med det. Samarbeta med oss, så skall vi se till att ni blir mycket väl omhändertagna."

"Jag beklagar. Även om det var jag i videon har vi svurit på att inte avslöja taktik, verktyg och tekniker. Jag anser att det är en del av min plikt mot mina fallna kamrater. Jag skulle aldrig förråda dem genom att avslöja för någon - vän eller fiende - vad som hände på operationsområdet, förrän min CO godkände det."

"Och ändå verkar det som om du är villig att bekämpa dem?"

"Åh?"

"Naturligtvis - Gud förbjude - inte just nu, men om fientligheternas upphörande en dag skulle upphävas, skulle ni kanske invadera San Francisco!"

"Just det. I en sådan situation skulle jag svära trohet till den amerikanska sidan. De skulle vara mina kamrater; min heder skulle stå på spel för att få kämpa. Och strida skulle jag."

Underofficeren tog till orda. "Jag tror att jag har hört tillräckligt. Sergeant Free är definitivt kvalificerad. Jag planerar att rekommendera honom." Innerst inne var han imponerad. Mycket få av de första frivilliga hade överlevt. De som gjorde det måste ha haft de rätta egenskaperna.

Men attachén var inte förbryllad. "Om du inte samarbetar är det osannolikt att din förfrågan om värvning kommer att lyckas", sa han tjockt. "Det finns en annan fråga. Det är viktigt för dig att förstå den nuvarande situationen i ditt forna hemland. Som du kanske har märkt är alla på den här rekryteringsannonsen vita."

"Ja, jag märkte det."

"Om du tar värvning och stationeras i det kontinentala USA kommer du att behöva tjänstgöra i ett helt svart förband - för moralens och den sociala sammanhållningens skull är alla förband nu helt segregerade."

"Separat men lika?"

"Självklart."

"Och jag antar att det även gäller andra aspekter av livet i Amerika? Eller vad som är kvar av det?"

Attachén ryckte till. "När du är på R&R eller Medical Leave kommer du troligen att finna vissa begränsningar i din rörelsefrihet. Begränsningar som införts för din säkerhet, när du navigerar i det nyligen uppgraderade och omdesignade amerikanska paradiset som vi kallar Team Trump."

"Självklart."

Underofficeren avbröt snabbt. "Men låt inte det stå i vägen för en framtida ledarroll, sergeant Free. Vi kan erbjuda dig en tjänst utomlands, där rasreglerna inte gäller, till exempel i Panama eller Ecuador, kanske till och med i Europeiska unionen. Det finns också en möjlighet till undantag om du klarar vissa genetiska tester. Det finns ett experimentellt behandlingscenter som arbetar hårt med att bleka..."

Här hostade attachén. Underofficeren gjorde en paus och fortsatte sedan - "Vissa afroamerikaner och judar har stigit i graderna, till och med nyligen. Det är inte omöjligt för dig att göra karriär. Dina färdigheter är bevisade. Vi behöver bra män. Jag tror att det står instruktör skrivet över hela dig."

"Om du är homosexuell eller har homosexuella tendenser är det naturligtvis uteslutet att du tar värvning."

"Jag är inte gay" sa Free.

"Inte? Då kanske du blir förvånad. Vi har tester för sådana saker. Du kommer att behöva genomgå ytterligare screening i vilket fall som helst, som du förmodligen vet."

Tänk över saken, sergeant Free", sa underofficeren.

7

Återigen var Free ute på gatan. Han var egentligen inte så seriös med att ta värvning på den amerikanska sidan; han var mest bara nyfiken på hur det kunde vara. Nu hade han en aning. När han såg vakternas ansikten, adjutantens förvåning och andra kommentarer fick han till slut ihop det - de var chockade över att en svart man ens skulle överväga att komma över till deras sida! Chockade och kanske en aning äcklade. Avsky för förrädaren som inte bara skulle förråda sitt land, utan också sin ras. Det var den sortens mentalitet han hade stött på hela morgonen.

"De där jävla människorna", sa han till sig själv.
"Amerikaner. Vi borde ha bombat dem allihop."
Detta var inte en ovanlig inställning i Nya Kali-
fornien.

8

Free funderade lite till på vad Mayfield egentli-
gen kan ha menat med "rädda valarna". Han vis-
ste att det förmodligen betydde att han skulle ta
sig samman. Han hade trott att det innebar att gå
tillbaka till jobbet, att gå tillbaka till det han var
bra på. Men var han för gammal, tänkte han? Var
han verkligen bara instruktörsmaterial?
Utsliten?

Det fanns ett annat rekryteringskontor som
försökte som han kände till, men tidigare hade
han alltid hånat det. "Helt jävla galet!" var den
allmänna uppfattningen. Och ändå var det där, i
det dyraste shoppingområdet i San Franciscos
Greater Metro District-Union Square - precis
bredvid Edison/Mangos flaggskeppsbutik.

Det stora rekryteringscentret för Mao.

Han hade hört en massa galna saker. Det var
dags att ta reda på om några eller alla av dem var
sanna.

Om det inte gick skulle han förmodligen behöva överväga privata kontrakt - kanske en säkerhetsdetalj, kanske ta en kula för någon rik skithög som förmodligen behövde borras ändå, tänkte han. Åt helvete med det. Han kunde inte komma på något sätt att göra skillnad i den här världen förutom att skjuta presidenten i, tja, något land. Och nuförtiden var de flesta presidenter inte ens mänskliga. Minimal chans till lönnmord. Mer som att dra ut någons kontakt. Så han måste vidga sina vyer.

"Det är dags för Mao, min son", sa han till sig själv. "Låt oss tänka utanför boxen. För gamle Mayfields skull."

På andra sidan parken, ungefär en kilometer bort, log den gamle mannen som hade hört Free tidigare under dagen, och som fortfarande lekte förnöjt med sin drönarhund.

9

Free stod framför Big Maos rekryteringscenter och gapade. Han kände sig inte obekväm med det - nästan alla stirrade när de stod där ett tag, den enorma öppna strukturen fem våningar hög med martialisk musik som spelades. Folk

34

stirrade på den gigantiska, böjda skärmen ovanför, som projicerade bilder av Nya Kina, i timmar. Vackra vyer över Pekings gator, fyllda med leende vackra kineser. Fantastiska tekniska bedrifter, byggnader och torn som var större än någon annanstans i världen, fordon som var lika stora som fartyg och så vidare.

Ingen visste egentligen om dessa var AI-genererade - vid tidpunkten för denna berättelse hade tekniken för att generera ljud- och bildsimuleringar nått ett stadium där ingen kunde avgöra om de var "verkliga" eller konstruktioner, om konstnärens avsikt var tillräckligt krävande - och pengarna låg på bordet. Den viktigaste faktorn bakom konstruktionsalternativet eller den virtuella verkligheten visade sig vara kostnaden - ju "verkligare" något behövde vara, desto mer kostade det att konstruera.

Free tänkte att om Recruitment Centers arkitektur och design var någon indikation, skulle det åtminstone finnas pengar i jobbet. Han öppnade ytterdörren till den helglasade fasaden och klev in.

Han såg sig omkring och följde pilarna på golvet mot en avlägsen kiosk. Det var som en ankomst- och avgångstavla på en flygplats, men för olika "fack", som alla låg på våningarna ovanför det femte. "Ambassad", "Handel",

"Marknadsföring", "Framtidsstudier" och något som hette "Fråga Big Mao". Han såg att "Rekrytering" låg på 27:e våningen och gick mot vad han trodde var hissar. Men väggen hade bara försänkningar med små skärmar, som gammaldags telefonkiosker. Det fanns inga synliga hissar.

Han stod förbryllad och gick sedan in i ett av båsen - det var till synes det enda båset i hela det enorma komplexet - där det fanns en skärm med ett glödande handavtryck. Han placerade sin hand på skärmen och blev omedelbart överväldigad av en känsla av svindel. Han slet bort handen. Men när han såg att detta var vad som förväntades av honom, satte han tveksamt tillbaka handen. Yrseln kom tillbaka men avtog när han riktade sin uppmärksamhet mot vad han nu kunde se: en servicedisk bemannad med fem personer.

"Kan vi hjälpa er, sir?" sade den centrala personen. Det var en kvinna, kines av nationalitet, med sköra Han-drag och härligt vit hud. "Lite gammal", tänkte Free, "men ganska attraktiv. Lite som en Michelle Yeoh... Free kämpade för att anpassa sig till de märkliga omständigheterna. "Ja, fröken, hur kan jag komma närmare dig?"

"Slappna bara av en minut. Andas. Jag är nummer 5 i receptionen. Du kan kalla mig 'Wu'. Det betyder fem. Låt nu dig själv visualisera att du står framför mig. Visualisera att du är *här*", medan hon med sin graciösa hand pekade på området framför skrivbordet.

Free försökte slappna av. Han visualiserade. Plötsligt upptäckte han att han verkligen stod framför den stora disken, skrivbordet och kvinnan som kallade sig Nummer 5.

"Mycket bra", sa hon. "Hur kan vi nu hjälpa er?"

"Uh...Rekrytering tack, Miss Wu."

"Rekryteringen finns på våning 27. Det finns en 'Nummer 5' i rekryteringen också, var snäll och tala med henne."

"Uh...okej."

Kvinnan log vänligt. "Visualisera hur det skulle kännas att vara på däck 27."

"Men jag har aldrig varit där."

"Det är okej. Kom närmare, tack."

Free försökte ta ett steg men kunde inte. Han visualiserade att han rörde sig närmare. Det tog ett ögonblick att få kläm på det. Sedan var han alldeles intill skrivbordet. Kvinnan sträckte långsamt ut sin hand, med pekfingret upplyft, och rörde vid Frees panna. Hon gav ifrån sig ett litet skratt. På bråkdelen av en sekund såg han i sitt inre hur den 27:e nivån såg ut. Hon hade gett honom en visuell bild. "Nu har du en bild av vart

du behöver gå", sa hon med ett leende. "Var snäll
och visualisera att du går till den platsen. Få dig
själv att gå dit."

"Okej", sa Free, "jag försöker visualisera."

"Kom ihåg att behålla lugnet. Om du får fler
panikattacker ska du bara hålla dig lugn och
tänka på det här skrivbordet. Tänk på mitt an-
sikte. Tänk på 'Wu' i receptionen."

Free trodde att det skulle vara ganska enkelt -
kvinnan var förtjusande för att vara en äldre
dam. Hennes hud såg mjuk ut... Men han var
tvungen att fortsätta med sina affärer.

Och sedan var han "där". Bay 27. Han såg en
liknande disk och ett liknande skrivbord. Först
trodde han att han hade gjort bort sig, men nej,
människorna vid skrivbordet var helt annor-
lunda. Det var fortfarande fyra män, två på varje
sida, och en kvinnlig centralgestalt, men de här
människorna såg mycket mer ut som om de
hörde hemma i militären.

Kvinnan i mitten talade. "Detta är rekryterings-
scentret, Bay 27. Jag är nummer 5. Ange ert syfte,
tack."

"Jag är intresserad av att ta värvning. I den
stora Mao. Jag antar att ni måste ha en armé?"

"Det gör vi. Och vi letar just nu efter ett par bra
negrer." Hon skrattade. "Det var ett skämt, jag

hoppas att det inte är kulturellt okänsligt." Hon blev helt affärsmässig igen. "Uppge ert namn."

"John Free."

"Mr John Free, från ditt handavtryck skulle jag vilja ta ett prov på ditt DNA. Oroa dig inte, det är smärtfritt."

"Visst."

"Provet håller på att analyseras...klart. Ge mig ett ögonblick att söka igenom våra system.... Jag ser att du har ett omfattande militärt förflutet och att du fick ett hedersamt avsked för två månader sedan. Låt mig tala med mina kollegor."

Medan Free tittade på verkade de fem individerna ha en mental konversation. Deras ögon rörde sig, de verkade konversera, men han kunde inte höra vad de sa. Det var som om han befann sig på en hörselkanal utanför deras. Kvinnan återvände. "Min kollega, Nummer 3, önskar samtala med dig. Han är psykolog. Eftersom du är medborgare i Nya Kalifornien måste jag informera dig om att allt du säger kan komma att spelas in och bli en del av Big Maos permanenta datasjö, enligt Nya Kaliforniens lagar och i enlighet med det fördrag som undertecknades 2033. Du kan säga nej, men då avbryts behandlingen av din värvningsbegäran."

"Men vänta - jag har en massa frågor - allt är så annorlunda - hur kan jag få några grundläggande svar?"

"Ah, du fick inte informationspaketet?" Kvinnan försvann återigen ur ljudet men återvände strax. "Jag förstår, en walk in. Kom närmare, jag har ett informationspaket till dig."

Free tänkte framåt - "Jag börjar få kläm på det här!" sa han till sig själv - och kvinnan som kallade sig nummer 5 i rekryteringen höjde sin hand och tog tag i hans högerarm i ungefär axelhöjd och pressade försiktigt mot hans biceps.

På ett ögonblick kände Free en plötslig rusning. Det var vilt! Upphetsande. Plötsligt visste han allt om Stora Mao! Inte bara den grundläggande informationen, som hur mycket han skulle kunna tjäna på 2 års tjänstgöring, utan också många detaljer om hur tjänstgöringen skulle vara, förmåner, möjliga placeringar - och människor. Det kändes plötsligt som om han kände en hel bataljon av kamrater.

"Det här är helt otroligt!" Free kämpade för att behålla kontrollen och lugnet.

"Jag' hoppas att informationspaketet är till hjälp. Vi beklagar att det inte har levererats till dig förrän nu. Denna brist kommer att undersökas."

"De här människorna - det känns som om jag plötsligt känner en massa nya människor", sa han lamslaget.

"Korrekt. Det är de män och kvinnor i bataljonen som du skulle tjänstgöra i om du valde att ansluta dig till oss - naturligtvis skulle det erbjudandet vara beroende av resultatet av vissa tester och av det slutliga godkännandet från Big Mao."

"Naturligtvis..."

"Går du med på en intervju med min kollega då?"

"Uh...visst. Varför inte?"

"Slappna av och visualisera att du står framför mannen till vänster om mig."

Free slappnade av och visualiserade som han blev tillsagd.

"Du sköter dig mycket bra, sergeant Free. Jag tycker att vi ska gå till mitt kontor. Rör vid min utsträckta hand, tack. Free sträckte ut handen och rörde vid den öppna handen framför sig. Han upptäckte att han utan något märkbart tidsintervall nu befann sig i något som såg ut som en läkarmottagning.

"Vänligen sitt ner. Jag är nummer 3 i rekryteringen. Jag är läkare, en psykiater faktiskt."

"Det var ju trevligt. Vad skulle du vilja veta?"

Nummer 3 log. "Många saker. Jag är en nyfiken man. Men för den här intervjuns skull..." läkaren satte sig i stolen mittemot Free. "Låt oss prata om din far."

"Min far?" frågade Free. "Tja, min far var en intressant man, men också en svår man. Han var datorprogrammerare, jag antar en berömd sådan, åtminstone i de kretsarna. Han var äldre, han hade levt i tiden före den digitala tidsåldern. Vad jag menar är att han visste hur man använder en analog telefon, hur man läser en telefonkatalog, hur man använder en kompass och en topografisk karta, sådana saker. Han förstod sig på förbränningsmotorn och hur man fixar en bil som har en sådan. Men han förstod inte mycket om den värld som vi tar för given. och han ville inte göra det."

"Beundrade du honom?"

"Ja, naturligtvis. Jag dyrkade honom." Free gjorde en paus. "Men han var en konfliktfylld man..."

"Konflikter? Hur då?" Läkaren var mycket lugn och hans sätt att tala fick Free att öppna sig.

"Vid någon tidpunkt började han titta på Fox News, han började ta till sig mer och mer av Team Trumps konspirationsteorier. Jag minns hur han raljerade om liberaler och snöflingor."

"Så han var en Trumper?"

"Ja. Min far blev en Trumper så småningom. Det var som en sjukdom."

"Vad hände med honom?"

"Han sa upp sig från sitt jobb och flyttade så småningom, vi tror kanske till Florida. Vi - min bror och jag - såg eller hörde aldrig av honom igen."

"Hade det något att göra med att du gick med i Rebel Cause?"

"Jag vet inte. Jag tror inte det. Den kaliforniska saken - vi använder inte termen 'rebell', konnotationen är dålig - jag vet att Team Trump kallade oss rebeller - vår sak fanns faktiskt i mitt sinne under en lång tid, den hade bara inte formulerats på ett sätt som jag kunde relatera till eller resonera med. Så småningom när jag läste Trump Papers började jag förstå nödvändigheten."

"Nödvändigheten för vad? För att slåss?"

"Nödvändigheten att rädda konstitutionen. Och att gå längre än så, att skriva om den, att förbättra den. Team Trump hade hittat sätt att korrumpera den. Vid den tiden fungerade ingenting, ingenting kunde förbättras. Valen var en bluff, kongressen var korrupt, värdelös, som den ryska duman fast värre."

"Vilken typ av förbättringar var ni ute efter? Vilken typ av reformer?"

"Åh, alla saker man kan tänka sig - social rättvisa, mer frihet, mänskliga rättigheter, sådana saker."

"Tja, Big Mao bryr sig verkligen om sådana saker."

Free insåg att han inte kunde lura läkaren på grund av arten av den kommunikation han hade. Mentalt fick han panik. Men läkaren - Rekryteringens nummer 3 - log bara. "Var inte orolig. Naturligtvis har du hört konstiga historier. Konstiga saker. Om Store Mao. Är det inte så?"

"Ja," sade Free.

"Berätta om det."

"Tja, jag antar att den här erfarenheten har klargjort en hel del saker. Så du kan läsa tankar?"

"Nej, inte på det sätt du menar. Och inte med alla. Vi har helt enkelt teknik som gör att vi kan arbeta tillsammans mer effektivt. Ser du det här?" Läkaren pekade på armbandet på sin arm. Istället för den vanliga Edison/Mango "I Smart"-klockan, som de flesta i New California bar, hade läkaren en skimrande juvel. Den hade inga uppenbara kontroller. "Den här enheten gör att jag kan integrera med min pod."

"Din kapsel?"

"Det stämmer. I Big Mao är alla en del av en flock. Som med valar."

"Valar?" Free blickade mot sin vän.

"Åh, förlåt, det var tänkt som ett skämt men jag ser att vi har gått ner i lite av ett kaninhål. Nej, inte den typen av pod. Det är en supercell, ett

44

gruppsinne i brist på en bättre term. På sätt och
vis är vi som en person som har fem kroppar.
Ovanför den finns en annan grupp med fem
kapslar, som kallas en klan. Ovanför det finns en
grupp på 125, som kallas en brigad."

"Det är sjukt. Och jag skulle behöva göra det?"

"Inte omedelbart. Och aldrig om du inte väljer
att göra det. Allt vi gör i Big Mao är frivilligt. Men
tänk bara på, ur stridssynpunkt, hur användbart
det skulle vara att kommunicera med ditt team
på det här sättet. Tänk på hur dödligt och effek-
tivt ett sådant team skulle kunna bli."

"Hur är det med era namn...Jag märkte att
flickan i receptionen hette nummer 5, men det
gör även kvinnan jag talade med först i rekryter-
ingen.

"Ja, The Big Mao är en anmärkningsvärd social
innovatör. Denna innovation sträcker sig till och
med till namn. Inom vår Pod använder vi inte
traditionella namn, utan snarare ett nummer. Jag
är till exempel 'Si', vilket är siffran 'fyra'. "Wu" är
numret "fem". Poddens ledare betecknas normalt
som nummer fem.

"Jag fattar." Free kände sig mycket trött.

"Jag tackar dig, sergeant Free. Jag tror att det
här räcker för tillfället. Vi kommer att kontakta
dig angående din begäran om värvning vid den
slutpunkt som anges i din ansökan.

Informationspaketet som du nu har implanterat har några slutpunkter som du kan interagera med om ytterligare frågor uppstår. De är bara autonoma agenter, men ganska bra på grundläggande information. Jag har en känsla av att du kommer tillbaka; jag hoppas det. Om du släpper din hand från plattan, ja, hela vägen tillbaka i ditt sinne, gå tillbaka till den plats där du lade din hand på plattan."

Free började få panik. Han insåg att han inte kunde känna sin kropp, det kändes som om något hade förlorats eller stulits från honom. Som han aldrig kunde få tillbaka. Han hörde läkarens ord som om de kom från ett stort avstånd. "Andas, herr Free. Ta det lugnt. Visualisera din hand på plattan i Stora salen."

Men istället för att tänka på sin hand tänkte han på flickan. Mottagningen, nummer 5, flickan som kallades "Wu". Plötsligt stod han framför henne igen. Hon log och sa mjukt "John Free...lyft upp handen från tallriken. Lyft upp din hand...lyft upp din...."

Utan någon upplevd tidsförlust tittade han på sin hand, några centimeter från dynan. Han svettades ymnigt och andades hårt. Han lutade sig mot marmorväggen och njöt av dess svalka, satte ansiktet mot den och efter en minut rusade han ut ur den stora salen och in i trängseln och kaoset en sen eftermiddag i San Francisco utanför Union Square.

10

"Mr John Free? Får jag bjuda på en Bao bun?" Det var den gamle mannen som han hade sett i parken några dagar tidigare, mannen med leksaksdrönarhunden.

"Tönten! Vem är du?"

Den gamle mannen kallade på sin drönare och den landade i hans hand. "Mitt namn är Dr. Illia Suslova. Jag arbetar för en organisation som heter InterventionX."

"Aldrig hört talas om det."

"Min arbetsgivare vill gärna diskutera en fantastisk jobbmöjlighet med dig."

"Jaså? Den senaste 'fantastiska jobbmöjligheten' jag hade i min inkorg var ett förslag som kom via nätet om att gå med i ett organskördarteam."

"Jag hoppas att du sa nej. Såvitt jag vet är det enda stället där det är lagligt i Delaware."

"Ja. Svårt att få godkänt. Men pengarna lät bra och förmånerna var fantastiska."

"Jaha, erbjöd de sig att modifiera dig?" Läkaren log. "Vad var det? Ny lever?"

"Mitt val. Jag hade verkligen behövt en ny vänster knäskål, om sanningen ska fram.... Men ja. De hade en glansig katalog, som något från Neiman Marcus. Jag antar att de trodde att jag var ute efter en ny och större dong. Är det allt folk tänker på nuförtiden, att skaffa större kukar?"

"Jag vet inte... det är bara möjligt att metoderna och medlen har blivit mer tillgängliga nu."

"Så du vet något om penisförstoring?"

"Nej," skrattade Suslova. "Jag är inte den typen av doktor. Jag har en doktorsexamen i datavetenskap, men min magisterexamen var i biomekanik-robotik. Mitt post-doc-arbete handlade om AGI."

Free ställde sig upp. "AGI är väl det som gäller nuförtiden, antar jag. Min far var programmerare."

"Hette han Martin Free?"

"Kände du min far?" Free var otrolig.

"Nej, jag kan inte säga att jag kände honom. Men jag träffade honom en gång på en konferens. Det var många år sedan. Vi pratade om Einstein om jag minns rätt."

"Einstein?"

"Ja, Albert Einstein, fysikern, men också flyktingen. Vi pratade om Einsteins kärlek till pepparmintsglass. Han åt lite när han kom till Amerika. Förlåt, jag försökte komma på vad din pappa och jag pratade om. Jag tänkte att det kunde vara av intresse för dig."

"Det var omtänksamt. Men jag är ganska säker på att han är död. Min pappa menar jag." sa Free.

"Åh, jag är ledsen, sergeant."

"Var inte det. Det här har varit intressant, doktorn..."

"Suslova."

"Men det har varit en lång dag för mig."

"Poängen är tagen. Jag fattar. Men det här är ingen bluff, min arbetsgivare är verkligen intresserad av att träffa dig. Det finns en tidsfaktor. Tänk på vad jag har sagt, Sergeant Free. Om du är intresserad så har det här minnet adressen ....En sak till innan du går. Faktiskt, två. Först ber jag om ursäkt för övervakningen. Men våra krav är mycket speciella, och vi behöver en bra man, en man med vissa färdigheter, och kanske, med vissa svagheter. Nej, bli inte arg. Det var en komplimang. För det andra, var snäll och ta det här." Suslova höll fram ett medicinskt förseglat paket som innehöll en självinjektor.

Free log. "Så du tror att jag ska injicera något
från gatan från en kille som inte ens är en riktig
läkare?"

"Det här är ett motgift mot de nanopartiklar
som Big Mao-rekryteringspodden injicerade dig
med. Jag antar att du inte var medveten om in-
jektionen."

"Jag blev inte injicerad."

"Inte? Hur förklarar du då det lilla sticket på
din högra arm?"

Free tittade under skjortärmen och upptäckte
att det faktiskt fanns en liten rund beige lapp som
satt fast på huden på hans bronsfärgade axel. När
han slet av den kunde han se ett nålstick. "Hur
gjorde du det där? Det var ett bra trolleritrick."

"Inget trick."

"Nu är jag helt borta."

"Du har troligen fått ett så kallat "infor-
mationspaket". Vi vet lite om det."

"Du verkar veta mer än lite om många saker."

"Så du fick paketet?"

"Tja, ja. Det var ruskigt - jag menar, jag har al-
drig varit med om något liknande. Det var helt
otroligt. Ena minuten hade jag frågor och tvivel,
i nästa fick jag svar på alla mina frågor. Och mer
därtill. Plötsligt *såg* jag en hel pluton med
soldater. Jag såg dem inte bara. Jag hade faktiskt
känslor för dem. Jag kunde alla deras namn. Jag

hade också åsikter och en ganska bra taktisk
bedömning av deras kapacitet. Precis vad en
gruppchef som går ut i strid behöver."

"Ja, det är en teknik som utvecklats i Kina. Den
har faktiskt funnits i flera år men varit hemlig-
stämplad. De använde den ursprungligen för att
träna och utveckla spioner. Det är bara sedan den
store Mao som den har använts öppet. Det är nu
ett vanligt inslag i deras tradecraft."

"Har du upplevt det?"

"Nej", sa Suslova helt enkelt. "Men du måste
förstå något viktigt om den upplevelsen. Om du
inte tar injektionen inom de närmaste fyra tim-
marna kommer nanopartiklarna att bli perma-
nent inbäddade i ditt DNA. Vid den tidpunkten
kan de inte tas bort, och du kommer nästan säk-
ert att ta värvning hos Big Mao, oavsett om du
vill eller inte, på grund av det inbyggda tvånget
att gå med som är en del av nanopartikelns in-
struktionsuppsättning. Det var därför de blev
förvånade när du bara dök upp utan att implan-
tatet hade gjort sitt jobb. Vanligtvis skickas de
människor som kommer till dem, till exempel av
en agent som vill få ut information från en chef
för ett multinationellt företag som Stora Mao är
intresserad av. Eller ibland implanterar de pake-
tet i personer som de tror har färdigheter som Big

Mao behöver, men som inte frivilligt skulle an-
sluta sig."

"Jag antar att de inte förväntade sig att det
skulle gå utför. Läkaren - doktor 'Si' från rekry-
teringen - sa att alla gör saker frivilligt i Big Mao."

Dr Suslova log. "Jaha." Han gjorde en paus.
"Nåväl, jag antar att du inte föddes igår."

"Vad händer om jag bestämmer mig för att ta
den här?" Free tittade intensivt på injektorn.

"Det kommer att förstöra nanopartiklarna. Det
är ganska säkert. Vaccinet har också en bieffekt -
det raderar innehållet i informationspaketet. Så
var inte orolig för det."

"Så jag ska glömma Robert Kuan, Martin Jack-
son, Everett Jones - alla de andra rekryterna - den
lön de föreslår att jag ska få? Allt detta i mitt hu-
vud just nu?"

"Ja. Inte omedelbart. Det tar en dag eller så att
blekna. Det "rus" du hade - känslorna - kommer
inte att raderas. Men det intellektuella innehållet,
den exakta och specifika informationen, de-
taljerna - kommer att försvinna från dina
nervbanor. Det är inte smärtsamt, det är precis
som att glömma."

"Kommer jag att glömma de människor jag
träffade? I rekryteringscentret?"

Suslova tittade intresserat på Free men ställde
inte den självklara frågan. "Nej, jag tror inte det."

Suslova reste sig för att gå. "Snälla herr Free, tänk på vad vi har pratat om. Om du fortfarande lever i morgon - förutsatt att du tar det där motgiftet och inte i kväll tvångsmässigt drivs att återvända till Big Maos rekryteringscenter, trots allt vad din hjärna säger dig - så var snäll och överväg mitt erbjudande om en intervju med min arbetsgivare. Adjö."

11

Free övervägde att kasta bort injektorn och glömma allt om doktorn, hellre än att förlora den intressanta information han hade lärt sig om den store Mao. Han hade en bra känsla för maoismen. Allt verkade faktiskt riktigt coolt och han tänkte hela tiden på flickan också. Men han lade injektorn i sin väska. Han skulle tänka på det på tåget, bestämde han sig. Han började ta sig tillbaka till San Jose med kollektivtrafiken och funderade på vad doktorn hade sagt. Men den nya maoismen...tankeläsning....

När han skulle stiga på tåget trängde han sig igenom en folkmassa och någon knuffade till honom. Normalt skulle Free ha varit mer uppmärksam, men som nämnts vandrade hans tankar iväg. Tågdörrarna stängdes när han satte sig ner - och märkte att låset till hans väska var öppet. Plötsligt svettades han och grävde i väskan för att leta efter injektorn. Men den var borta, tillsammans med hans kedjekod.

Free försökte avfärda den historia som Suslova hade berättat för honom. Men paniken började sprida sig. Han hoppade av vid första möjliga station och väntade otåligt på nästa tåg tillbaka till staden. Han hoppade på, blundade och försökte visualisera vad som hade hänt på tågstationen. Han gick långsamt igenom det i sitt huvud, några ansikten, en suddig rörelse. Det var inte som det han upplevt på rekryteringscentret - tyvärr kunde han inte längre röra sig med sin hjärna.

När han hoppade av tåget vid stationen fann han den öde.

"Det här är hopplöst!" tänkte han.

Han sökte genast upp stationschefen. "Broder, jag har just blivit utsatt för en fickstöld."

Stationschefen pekade på skyltarna: "Vi försöker varna folk."

"Men något mycket viktigt blev stulet. Faktiskt två saker - min medicin - mitt insulin - och även min kedjekod. Jag måste få tillbaka dem."

"Jag är ledsen, men det är inte mycket jag kan göra åt det. Du kan göra en polisanmälan, de kanske kan hjälpa dig."

Stationsmästaren började gå iväg, men Free fick tag i hans arm. "Vänta lite, vänta lite. Har ni inga övervakningsfilmer?"

"Visst, men vi delar inte med oss av det till allmänheten." Stationsmästaren, som var svart, tittade på Free och funderade. "Du är en broder. Jag skulle vilja hjälpa dig. Men du förstår, situationen är svår."

Free förstod vad jag menade. "Visst. Det finns en Arnie i det för dig. Dessutom, om du får problem kan du bara säga att jag tvingade dig att göra det. Jag är en av de där elaka krigsveteranerna som alla klagar på." Stationschefen sträckte fram handen för pengarna, men Free tryckte tillbaka. "Låt oss se banden först."

Stationsmästaren såg sig omkring och ledde Free till slutet av en av plattformarna. Han låste upp rummet med en digital nyckel, öppnade dörren och ledde Free in i videorummet.

En tågvärd som hade rast satt och tittade på ett program på en av videomonitorerna. Hon brydde sig inte om stationsmästaren eller Free. Stationsmästaren pillade med några reglage. "Var var du, vilken plattform?"

"Plattform nummer 3. Rakt fram vid trappan. Där!" Free pekade på den korniga videofilmen. "Det är verkligen lågupplöst. Kan du inte göra det bättre?"

"Inte utan att skicka dessa till polisen, de kan städa upp det. OK, här är en från 20 minuter sedan...som ser ut som du."

"Ja! Där är han, killen med huvtröjan. Jag kan inte se hans ansikte!"

"Inte jag heller. Han går uppför trappan... där hoppar han över staketet. Om han hade använt ett passerkort eller visat sin kedjekod för att komma ut vid grinden skulle vi kunna ta reda på vem han är. Eller om han hade använt din, skulle det vara bevis på att det var stulen egendom och polisen skulle kunna åtala honom. Men han hoppade över stängslet. Jag tror att du är körd."

Free var förtvivlad. "Ja, jag tror att jag är helt körd."

"Jaså, den killen? Jag vet vem han är", sa tågvärden med en gäspning.

"Gör du? Fortsätt! Det är viktigt."

"Visst, men vad får jag ut av det?"

Stationschefen klippte snabbt in "spotta ut det, Josie".

"Åh, jag förstår, du mjölkar redan den här killen. Jag behöver en andel. Någon måste ge mig en andel."

56

"Det är en Arnie om du kan hjälpa mig att hitta honom", sa Free.

"Låt oss se det. Prat är billigt."

Free palmerade räkningen och tågvakten Josies ansikte lyste upp.

"Okej då. Det finns en bar ett kvarter bort. 'Smilies.' Det är en avlämningsplats för stulen jack. Ibland byter de jack mot drinkar. Jag tror att han är där just nu." Free släppte två sedlar på bordet med leende Arnold Schwarzenegger-ansikten och flydde.

12

Smilies var en sunkig sportbar som gav ifrån sig en obehaglig lukt av gamla kroppar och ölspyor. Musiken dånar och blandas och konkurrerar med ljudet från flera stora skärmar som visar sport: Amerikansk segregerad proffsfotboll, europeisk fotboll, nykalifornisk Ultimate Frisbee, Intelligent Robot Wars, Anime Jack Challenge. Free tryckte upp dörren. Lokalen var i stort sett tom.

"Vad är du ute efter?" frågade bartendern.

"Jag skulle behöva en lång. Den japanska ölen skulle fungera."

"Visst. Vi kan hjälpa till."

"Jag letar också efter en ny kedjekod. Jag verkar ha tappat bort min."

"Det suger."

"Det gör det." Free tog fram en stor bunt vikta New California-sedlar och lade en Arnie på bordet.

"Jag förstår. Det finns en kille i ett av båsen på baksidan som du kanske vill träffa. Bakom biljardbordet." Han sträckte sig efter pengarna medan Free tog det höga glaset.

Biljardbordet var upplyst med skarpt ljus som kastade en skugga. I ett av båsen bakom satt killen med huvtröjan. Han verkade prata med en annan, större ligist.

Free tog en stol från ett av de närliggande borden och ställde den framför båset. "God kväll."

Killen i hoddien och hans följeslagare slutade prata och tittade kallt på honom. "Vi har en konversation. Dra åt helvete."

Free tog en klunk av ölen och slog sedan hårt med vänsterhanden och träffade den större ligisten under örat, där käken sitter fast i huvudet. Han föll ihop med ansiktet nedåt på bordet. "Jag tror att det avslutar ert samtal. Nu när du är fri kan vi prata om mina grejer."

"Whoa, lugna ner dig. Jag vet ingenting om..." Ficktjuven försökte komma undan, slog omkull

Free's öl med ett stänk och knuffade sig förbi ho-
nom. Men Free fick tag i honom bakifrån och
drog runt honom. När han stod upp såg han in i
ficktjuvens ansikte. "Min kedjekodstav. Nu."

Ficktjuven tittade förbi Free och tillbaka på
baren. "Den är redan såld, mannen."

"Injektorn?"

"Vadå?"

"Injektorn som du tog ur min väska."

"Den såg rolig ut så jag behöll den... Den är i
min..."

Bartendern hade kommit bakifrån och slagit ett
baseballträ i huvudet på Free. Free duckade och
svängde ficktjuvens kropp runt och upp som en
mänsklig sköld. Slagträet träffade ficktjuvens
rygg med en djup duns, som om det träffade ett
trumskinn. Ficktjuven bölade och vred sig för att
komma undan. Free kastade honom åt sidan och
fångade upp slagträet när bartendern försökte
svinga för tredje gången. Free pressade sig
framåt och på nära håll svängde han upp arm-
bågen och träffade bartenderns käke. Ett
fruktansvärt knastrande av brutet ben kunde
höras. Slagträet var nu i Frees hand. Han använ-
nde den tjocka änden för att slå bartendern hårt i
magen. Bartendern föll ihop av smärta, spottade
ut en tand och grät. Free stod tillbaka och

svingade träklubban för att få effekt när bartendern gick ner på knä.

"Min kedjekodstav. Den här gången ska jag inte jävlas."

"På baksidan", sa han tjockt.

"Nu hämtar vi den. Håll i dig." Han gick fram till den stönande ficktjuven och visiterade honom. Han hittade inte injektorn och letade efter en väska. Han hittade en på golvet under båset. När han tömde innehållet hittade han plånböcker, olika personliga föremål - de flesta var inte hans - och slutligen injektorn.

"Tack för att du tog hand om det här", sa han till ficktjuven som låg och led på golvet i baren. "Vet du, du kanske vill använda det här tillfället som en chans att starta en ny karriär. Varför funderar du inte på Big Mao?"

13

Efter att ha återfått sin personliga egendom begav sig Free tillbaka till tågstationen. Han ansåg det troligt att bartendern hade vänner och han ville lämna närområdet så snart som möjligt.

Men Free började kännas konstig. Han hade haft en öronmask ett tag nu, som en sång som

bara upprepades om och om igen i hans huvud:
han måste gå till rekryteringscentret. Han måste
gå med i Big Mao. Huvudet bultade av huvu-
dvärk. Han försökte sitta lugnt, andas. Men öron-
maskarna ville inte försvinna. Istället intensifi-
erades den.

"Så Suslova hade rätt", tänkte han, medan pat-
riotiska känslor gentemot Kina och fantasier om
att delta i ett segerrikt och förtjänstfullt fälttåg
virvlade runt i hans huvud.

På perrongen upptäckte han att han var yr.
Han letade efter San Jose-tåget, hittade det ge-
nom något mirakel, men på något sätt hamnade
han till slut alltid tillbaka på den plattform som
skulle ta honom inåt - tillbaka mot San Francisco.
Nu tyckte han att det var löjligt att använda in-
jektorn. "Varför bry sig? Jag kan göra mest nytta
i världen genom att gå med i Big Mao. Curtis
kommer att bli nöjd med mig." Och så vidare.

Men när han tittade sig över axeln insåg han att
han hade ett annat problem. Den stora ligisten
som han hade slagit ut med ett slag, och några av
hans kompisar, hade dykt upp på plattformen.
"Det är han. Den svarta jäveln."

"Nu spöar vi skiten ur honom!" ropade en av
ligisterna. Free satt och kände sig hög på bänken.
Hans tåg var bara två minuter försenat. Han fun-
derade på om han kunde slå tillbaka busarna

men höll på att förlora allt intresse för självförsvar.

Skurkarna gick till attack. Free var inte i något mentalt tillstånd att försvara sig och fick ett slag i ansiktet utan att lyfta armarna. Han hamnade snabbt på marken och kände plattformens kalla keramikplattor. Han kände att han blev slagen - en spark i revbenen, en spark i huvudet - men allt han kunde tänka på var att ta sig till rekryteringscentret.

Det blixtrade till och säkerhetsbelysningen började lysa rött. En siren ljöd och en automatiserad röst började mumla från flera högtalare om ett säkerhetslarm. Stationen skulle låsas ned. Skurkarna rusade upp för trapporna och undvek med nöd och näppe razzian genom att hoppa över vändkorset och springa iväg. Två poliser i kravallutrustning jagade efter dem.

Free upptäckte att stationsmästaren stirrade honom i ansiktet. Han verkade vara mycket långt borta och förvrängd, som genom ett fisköga. "Hej kompis, jag känner igen dig. Kan du resa dig upp?" Free tycktes förlora medvetandet.

En polis hade kommit över och tittade på injektorn på marken. "Jag antar att han är en knarkare. Kolla in det här."

"Nej, mannen", sa stationschefen. "Det där är insulin. Han är diabetiker. Jag känner den här

killen. Han tog sig an de där snubbarna för att få
tillbaka sitt insulin. Ge`mig det!" Han slet upp in-
jektorn och sköt den i Free's arm.

14

Nästa morgon var Free tillbaka i sitt söndersla-
gna hus. Han smorde in ansiktet med mercuro-
chrome och arbetade med att sy ihop sina sår
med en liten automatiserad första hjälpen-enhet.
Enheten, som tillverkats av Edison Weapons Di-
vision, fungerade bra för sår som var upp till åtta
centimeter långa och två centimeter djupa. Men
det gjorde ont som fan. Free applicerade sedan
en Edison-läkningsenhet på sina sår. Han kunde
känna hur den började med en försiktig sugmas-
sage och sedan applicerade en läkande spray.
Det stack som ett ihållande bistick. "Fan!"
   De statliga sjukvårdsenheterna var en av de sa-
ker som Nya Kalifornien tillhandahöll även sina
fattigaste medborgare till minimal kostnad. Det
verkade som om Free gick igenom dem i en
alarmerande takt, åtminstone enligt den asiati-
ske apotekaren i hans grannskap. "Du är galen,
Sarge. Du får stryk hela tiden. Blöder på mitt

golv. Jag ringer dig om jag behöver få någon dö-
dad, okej?"

"Visst, visst. Det är ju trots allt det jag gör bäst."

15

Free var ganska säker på att "intervjun" med
Suslova den dagen var en bluff som syftade till
att lura honom på hans livsbesparingar. Han
hade sett många bedrägerier riktade mot veter-
aner som precis kommit tillbaka från tjänstgö-
ring, som hade fått pengar till stipendium för
strid i fara eller som hade fått pengar till belöning
för att ha riskerat sina liv i fruktansvärd fara.
Men han bestämde sig för att göra det ändå. Han
hade inget att förlora, åtminstone inte ur sin egen
synvinkel. Han brydde sig inte om sin fysiska
säkerhet, det fanns inte mycket de kunde göra
mot honom som han brydde sig om. Inte nu
längre. Dessutom, som apotekaren hade skämtat
om, visste han hur man dödar människor. Han
var en riktig expert på just det området. "Det eller
bara tur", sa han till sig själv. "Eller dum."

Free gick in i kollektivtrafiken och flyttade ner
till slutet av bilen. Han hade tid att tänka men
bestämde sig för att inte göra det. Han anlände

till North Beach, ett av stadens mest attraktiva och orörda områden, som i stort sett inte hade skadats av bombningarna, och tog in utsikten. Vissa människor hade det verkligen bra, tänkte han. Det bekymrade honom inte, han hyste ingen bitterhet. Det var detta han hade kämpat och blött för, visste han; detta och andra saker.

Kortet innehöll en adress i Telegraph Hill, nära Filbert Steps. Han gick faktiskt uppför trapporna, tog dem långsamt och njöt av ansträngningen. Människorna runt omkring honom pratade och skrattade. Ett par gick förbi honom på trappan och flinade.

Det var ett vackert område och verkade knappast vara platsen för Free att rekrytera en soldat för uthyrning, vilket han i huvudsak var just nu. Men när han kom fram till den soliga destinationen hittade han bara ett litet kontor med en öppen disk. "Santino's San Francisco Scavenger Hunts" stod det på skylten.

En söt och livlig ung kvinna hälsade på honom. "Är du ute efter lite kul?"

"Alltid," sa Free. "Men kanske inte just nu. Jag fick det här kortet..."

"Ja, det är vår adress. Vänta en sekund... Vi har en speciell skattjakt för människor precis som du..."

"Inga tankar, jag antar att jag gjorde ett misstag."

"Vänta lite - här är det. Det finns en utmaning på den här. Det är inte meningen att jag ska ge den till dig utan den."

"Utmaning?"

"Ja. Den första utmaningsfrågan är: 'Vad erbjöd jag dig att köpa till lunch?'" Hon tittade upp. "Vad är ditt svar?"

"Uh...en Bao bun?"

"Ja, just det! Fråga nummer två, vilken är din favoritsmak på glass?"

"Jag kommer att säga Peppermint."

"Ding!" Flickan fortsatte att lämna över arket. "Följ bara de här instruktionerna. Här är den kompletterande drönaren, du kan få några fantastiska bilder av dig själv med den här!"

"Tack. Vad är jag skyldig dig?"

"Åh, den här är gratis. Oroa dig inte, drönaren vet hur man ringer hem. Ha det så kul!"

Den hoppiga tjejen var på väg till nästa kund när Free gick bort till ett bord i skuggan, satte sig ner och skannade instruktionerna. Bladet var ingenting; det innehöll några rader om hur man startar drönaren som följer mig. Han tittade på den från alla håll, och det verkade bara vara en vanlig konsumentmodell förutom att det inte fanns någon kontrollpanel. Han aktiverade den lilla enheten, ungefär lika stor som en tallrik, och de fyra rotorbladen vaknade till liv och gick sedan på högvarv och lyfte ljudlöst den lilla flygaren till huvudhöjd. Den satt i luften och roterade något för att rikta kameran mot honom. Objektivet zoomade automatiskt.

"God eftermiddag, herr Free. Tack för att ni accepterade min inbjudan."

Rösten var obekant. "Suslova?" Free tittade på flygbladet och nickade. "Är det här intervjun?"

"Nej."

"Vem är du?"

"Vi kommer till det senare. Detta är en förhandsgranskning. Den är tidsbestämd, så lyssna noga. Först vill jag be om ursäkt för det obekväma och opersonliga i detta sätt att mötas. Det är ett mycket otillfredsställande sätt att sköta affärer på, och jag vill försäkra dig om att kylan och orättvisan i denna interaktion inte är ett exempel på de allmänna principerna för InterventionX. Den tjänst du är aktuell för är mycket utmanande. Men oroa dig inte, du är redan en av slutkandidaterna." Flygbladet roterade tills kameraögat var riktat mot en ljusstolpe av metall några meter bort. "Ser du affischen med det försvunna barnet där borta?"

Free kastade en blick åt det hållet. "Visst. Det finns en miljon likadana."

"Ja", sade rösten medan den tysta affischen sakta roterade tillbaka. "Gå och hämta affischen ... du kommer att behöva bilden och de andra uppgifterna för identifiering senare. Ditt mål i detta förhandsscreeningtest är att hitta den här lille David Ivanchuk, sju år och tio månader gammal, och återföra honom till sin familj. Han fördes bort för ungefär tre veckor sedan, den 26 juni tror jag."

Frees käke stelnade och hans ögon blev kalla och hårda. "Av dig?"

"Nej, nej, inte alls. Som du nämnde inträffar tyvärr brott som detta ständigt. Det fanns 2421 rapporterade saknade personer under den senaste veckovisa rapporteringsperioden, bara i det större San Francisco Bay Metro-området, ungefär hälften är under 18 år. Polisen har inte tillräckligt med personal, eller kanske inte heller viljan, att göra något allvarligt åt det."

"Om du har så många detaljer, varför rapporterar du dem inte ändå? Varför hjälper du inte till?"

"Tid är en faktor, herr Free. Men för att svara på din fråga, som för övrigt är berättigad, brukade jag rapportera information som vi har fått per gigabyte. Jag pepprade brottsbekämpande myndigheter med tips. Jag försökte på många sätt att hjälpa till. Och en efter en bad byråerna mig att sluta."

"Det låter löjligt."

"I slutändan fick jag intrycket att de helt enkelt inte ville lägga sina resurser på att lösa vissa typer av brott."

"Du menar att polisen inte kommer att lyfta ett finger?" Free var otrolig.

"Jag vill inte överdriva. Men i huvudsak, nej, de kommer inte att hjälpa till. Inte i det här fallet."

"Okej. Varför skulle jag då bry mig? Varför är den här killen viktig för mig? Känner jag hans föräldrar eller något?"

"Nej, inte baserat på min information."

"Är de rika? Finns det en betydande belöning?"

"Ingen", blev svaret. "I själva verket tillhör familjen de fattigaste klasserna, de 'obebodda' som de civila myndigheterna har bestämt att hemlöshet skall kallas. De bor i Tältstad 1, sektor 3."

Frees min tydde på att han visste något om förhållandena i Tältstad 1. Precis som de flesta av de utpekade områdena för den mänskliga spillra som utgjorde 30% av befolkningen var Tältstad 1 obehaglig, opolisierad och i stort sett ett ingenmansland för dem som inte hade rätt gängbeteckningar.

Men sektor 3 - och sektorer med udda nummer i allmänhet - var lite annorlunda. De var i första hand avsedda för flyktingar och inhyste migrations- eller flyktingbefolkningen, vanligtvis av någon specifik nationalitet. Free trodde att sektor 3 kunde vara östeuropeisk, kanske ukrainsk eller från Vitryssland. Livet under sådana förhållanden skulle vara mycket svårt. Migranter kvalificerade sig inte ens för UBI. Socialt stöd skulle vara begränsat till välgörenhetsorganisationer och vad icke-statliga organisationer kunde få in.

"Det finns absolut ingen som kan ingripa för deras räkning", sade rösten. "De har ingen politisk tillgång till den federala regeringen i Kalifornien eller den regionala regeringen. Inget inflytande, ingenting som de ens kan sälja, förutom kanske sina organ, som skulle hjälpa dem att få tillbaka sitt barn."

"Och du tror att jag bryr mig?" sa Free igen.

"Det är det som är poängen med den här lilla övningen, Mr Free. Bryr du dig?" Follow-me-drönaren roterade långsamt till ca 45 grader så att en liten LCDR-videoskärm blev synlig. "Tillåt mig att visa dig en snabb video. Detta är övervakningsmaterial som vi fick i morse relaterat till den olyckliga lilla David Ivanchuk. Jag är rädd att det är ganska grafiskt."

Filmen var kornig och verkade ha tagits under förhållanden med svagt ljus. Barnet, mörkret, mer än en skugglik figur. Vad som avbildades behöver inte beskrivas här. Efter en stund upphörde filmen och skärmen rullade långsamt tillbaka in i enheten när flygbladet återgick till vertikal orientering.

Rösten var lika kall som ödet. "Bryr du dig, mr Free?"

Free sjönk ihop lite och lade händerna på bordsskivan. Händerna formade sig till knytnävar. "Ja, det verkar som om jag gör det. Jag kan säga dig redan nu att om du har det minsta att göra med den här situationen, om du skulle kunna stoppa den men inte gör det, så kommer jag att hitta dig." Ådern i Frees panna pulserade. "Och det är bäst att det inte är en bluff. Om det här är ett spel eller bedrägeri eller skitsnack, kommer jag att hitta dig. Jävlas lite med mig och ta reda på det."

"Drönaren kommer att leda dig till en geocache med några effekter och utrustning som du kan ha nytta av för den här uppgiften. Jag kan inte ge någon ytterligare information förutom adressen. Min information är några timmar gammal. Om jag får en uppdatering, eller om något verkligt viktigt förändras, kommer jag att försöka kommunicera med dig. Annars får du klara dig helt

71

på egen hand. Drönaren kommer att observera
men kommer att hålla sig på ett betydande
avstånd. Den kommer inte att hjälpa dig på något
sätt."

Förstå att om du bryter mot några lagar eller på
annat sätt hamnar i konflikt med myndigheterna,
kan vi inte erbjuda dig någon hjälp, inte ens ju-
ridiskt stöd, eftersom du ännu inte är anställd av
min organisation."

"Du vill inte ens validera att detta är en del av
en anställningskontroll?"

"Nej, det skulle strida mot avsnitt 24c i den nya
kaliforniska federala anställningslagen att använ-
da ett sådant urvalsförfarande."

"Men du gör det ändå."

"Ja", sa rösten torrt. "Enligt min erfarenhet
älskar nykalifornier att skapa regler och för-
ordningar - och sedan älskar de att bryta mot var-
enda en av dem."

"Så, när i Rom?"

"Något i den stilen. Pojken, herr Free. Tiden
håller på att rinna ut för honom." Drönaren steg
till en höjd av cirka tre meter (15 fot) för att
undvika risken att träffa en fotgängare och bör-
jade röra sig längs Filbert Street i östlig riktning,
mot Coit Tower.

Free reste sig upp och sträckte på sig en stund.
Med huvudet nedåt tittade han oförstående på

marken och suckade. Sedan sköt han iväg, sprang som om han släppts av skottet från en pistol. Han följde drönaren.

Flygbladet letade sig fram till den stora statyn av Corretta Scott King under tornet. Ursprungligen hade platsen hyst en bronsstaty av Christofer Columbus. Men det verket togs ner i början av 20-talet när protesterna mot historien rasade utan eftertanke. King-statyn var dock ståtlig och Free beundrade både statyn och det budskap som prydde basen: "Det kommer en tid när tiden själv är redo för förändring." Det trodde han fullt och fast på. Han hade dödat människor på grund av just den idén.

Flygbladet rörde sig inte förutom upp och ner i en långsam studs. Free letade runt vid statyns bas och hittade en sten som gled framåt och avslöjade ett gömställe. Inuti fanns en metallkartong. Han plockade upp den. Han gled tillbaka stenen och gick avslappnat bort till skuggan av ett träd och satte sig på en stenbänk.

Drönaren, vars uppdrag för tillfället var slutfört, steg långsamt till en höjd av ca 30 meter och stod sedan stilla på himlen.

Metallkartongen var inte ens låst, den öppnades enkelt och Free skannade innehållet snabbt och gick sedan in mer i detalj på varje föremål. Det första föremålet kände han igen som den saknade styrenheten för follow-me-drönaren. Han startade den och upptäckte att han hade haft fel, drönaren hade faktiskt betydande kapacitet både offensivt och defensivt; men dessa funktioner var alla gråtonade. Han kunde inte aktivera någon av dem.

Det han kunde göra var att se det ur drönarens perspektiv.

Det fanns ett FMTA-resekort för kollektivtrafiken, fulladdat och giltigt för 2 dagars obegränsad resa. Det fanns ett ID-kort med hans ansikte och vad som såg ut att vara en giltig New Cali-kryptokod, men med ett antaget namn, en Donald J. Trump. "Mycket lustigt", tänkte han och tittade på drönaren. Det fanns också ett betalkort, samma namn, och några ytterligare personliga föremål som antireflexglasögon. Och så fanns det en pistol. Det var en äldre civil SIG, förmodligen en P232, men kammad för kaliber .38. Den var ett utmärkt val för hans ändamål och lätt att dölja på sig.

Han kände sig säker på att han skulle bli utnyttjad, lurad eller blåst och plockade snabbt och skickligt isär delen - det tog bara några sekunder - och undersökte mekanismen noggrant. Den verkade helt intakt, oljad och ren, som om någon som inte var helt olik honom själv hade agerat vapentillverkare. Pjäsen hade det obligatoriska serienumret för New Cali-registrering etsat på sidan, och en snabb kontroll på nätet visade att den var registrerad på - ja - Mr Donald J. Trump. "Står mitt på Fifth Avenue, va, Trumper?" tänkte han.

Han gömde vapnet, oladdat, i sin dagsryggsäck, tillsammans med ammunitionen. Han hade absolut rätt att bära och dölja vapnet, även på allmänna transportmedel, så länge det inte var laddat och inte viftades med, och han inte avsiktligt fick andra människor att känna sig osäkra med det. Allmänheten hade rätt att äga vapen i Nya Kalifornien - det hade inte polisen och LEO. Han hade alltid tyckt att detta var lustigt.

Metallboxen innehöll ytterligare tre föremål som fick honom att tveka. Det första var helt klart en bilnyckel, en Edison av sen modell, men han hade ingen aning om hur han skulle hitta den. Kanske skulle det upptäckas senare under "skattjakten".

Det andra var ett litet leksaksdjur, en hund, som hade tillverkats för hand. Det var gjort av trä och tyg. Det var en enkel leksak, något som en flykting kan göra för att ge lite tröst till ett barn. Han hade båda dessa i sin dagspackning.

Och så slutligen adressen. En liten papperslapp med en anteckning i bläck, "klockan 10:47."

Han hade föreställt sig att adressen skulle vara i något brottsdrabbat område i staden, eller ännu längre bort i en kloak som Vallejo. Han skulle behöva bilen och en detaljerad plan för den typen av uppdrag. Men nej, adressen låg i en av de mest eftertraktade förorterna han kunde tänka sig: Cow Hollow. "Det var som fan, det är ju bara en kvart bort!" Han skulle ha skrattat om situationen inte hade varit vansinnig.

Välbärgade familjer, yrkesmänniskor i toppklass, stilmedvetna och influencers var den typ av människor som kallade Cow Hollow sitt hem. Det var ett område som hämtat från förstasidorna i ett glättat magasin. Söndagsbrunch, yogastudior, butiker - och *barnvåldtäkter*. Han skulle få reda på det, tänkte han.

Någon kommer att betala.

16

När det gällde ett uppdrag var Free normalt en utpräglad planerare. Han skulle inte ha drömt om att ta sig an ett bostadsområde eller gå in i ett

flerfamiljshus i dagsljus utan att ha studerat mot-
ståndarna noga. Men situationen tycktes kräva
drastiska åtgärder.

Han kunde inte förmå sig att göra det utan att
åtminstone bedöma situationen. Med hjälp av
drönarens follow me-kontrollbox försökte han få
kontroll över den för att göra lite övervakning.
Men det dök upp en lösenordsruta när han
försökte använda flygplanets kontroller. Lö-
senordsrutan blinkade. Han tänkte på saken och
skrev in orden "Bao bun". Det fungerade! Han
var inne och kunde snart åsidosätta drönarens
flygkontroller med de små joystickarna på
styrenheten.

På en minut var han cirka 100 meter över huset
i fråga. Inte mycket att se från utsidan. Han lade
märke till något som kallades en infraröd
värmekamerainställning och fann att den gav en
inblick i interiören i det stora, väl fördelade hu-
set. Han kunde se olika kylsystem i blått, och
även datorer och apparater som avger värme.
Och kroppar.

Free spände sig när han såg de glödande
fläckarna av två män i ett källarrum. På golvet
låg en liten, glödande klump, troligen också en
kropp. Ett barns kropp. Så det här var inte
skitsnack, tänkte han. De kanske försökte sätta
dit honom, fånga honom i en fälla eller göra

honom till syndabock. Men han misstänkte att det åtminstone på ytan var så som det hade beskrivits.

En tredje smet, en med betydande bredd, satt och hängde på bottenvåningen. Han verkade äta. Free kunde se värmen från olika rätter på ett bord som hade dukats, som ett smörgåsbord som den fete mannen kunde frossa i. Detta gav Free en idé.

Han bestämde sig för att placera sig i det närliggande Presidio, ett vackert parkområde fyllt med förmögna hus, i syfte att förbereda sig. Det var nära till målet. Han gick runt i kvarteret och knackade på några dörrar där han erbjöds att prata om Mormons bok, tills han hittade ett hus utan svar och med en tom uppfart. Han bröt sig in från baksidan och konstaterade snabbt att det verkligen var tyst - ingen hemma. Ingen hund, inga husdjur alls förutom en katt som sprang när den såg honom. "Förlåt, kissen."

Ett larmsystem började ljuda. Han stängde snabbt av det. En stund senare ringer telefonen. "Är allt okej?"

"Förlåt - mitt fel."

"Har du din tysta kod, mr Hestler?"

"Uh...en sekund." Free såg sig omkring och upptäckte en barnmagnet med ett femsiffrigt

nummer klottrat bredvid ordet "alarm" på en
papperslapp som satt fast på kylskåpet i köket.
"Uh, det skulle vara 32489."

"Tack, mr Hestler."

"Nej, tack."

Han ringde sedan CrunchyCouriers och
beställde leverans från den bästa koreanska grill-
restaurangen i staden: Kim Il Quan's. Koreanska
nudlar, röda riskakor, stekt ris med kimchee.
Han saliverade redan när han gjorde
beställningen. Efter ungefär 40 minuter öppnade
han ytterdörren.

"Varsågod", sa föraren, en koreansk kille på
cirka 16 år, och packade upp sin last.

"Vänta lite, jag skulle vilja ge dig en dricks."

"Åh, det är bra, du kan lägga till det på kvit-
tot..."

"Vad sägs om 500 New Cali?"

Föraren backade undan. "Nej, nej, jag vill inte
ha några problem..."

"Det är okej." Free hade händerna uppe och
log. "Jag behöver bara låna din cykel och din
overall och väska i ungefär en timme. Titta här."
Free höll upp en bunt kontanter. Det här är 500.
Jag vet att det låter galet men jag gör den här
skattjakten för de här människorna - det här är
inte mitt ställe, det tillhör de snart nygifta Trish
och Ben Hestler - jag gör skattjakter, förstår du -

hur som helst, jag måste se ut som den delen och ge dem maten du just levererade."

Föraren hade lugnat ner sig lite. "Men varför kan jag inte bara leverera den åt dig?"

"Det är en del av skämtet. Tro mig, det är helt legitimt. Du vet de här superrika människorna när det kommer till en förlovning - de är influencer-typer." Free kände på en av påsarna på sin väst. Jag har förlovningsringen här, den ska in med maten. Ser du drönaren?" Free pekade upp på drönaren som följde mig och som svävade cirka 20 meter upp. "Allt är för showen! Spelar in hela affären! Om du har tur kanske vi till och med gör dig känd på MeeTube!"

Föraren förstod att han blivit lurad, men han var inte så upprörd över det. Den elektriska scootern var bara värd 50 dollar och västen och väskan hade han fått av sin bror. "Vad sägs om... att du slänger in ett par Arnies till?"

Free hånskrattade och tog fram ytterligare två 100-dollarsedlar med Kaliforniens guvernör Arnold Schwarzenegger på framsidan. "Okej, grabben. Du vinner på lotteriet idag. Men spendera inte allt på Anime."

Free tog på sig förarvästen och frågade: "Har du någon laddning i den här cykeln, grabben?"

"Förmodligen ungefär hälften - du har minst 5k. Definitivt 5k. Tja...kanske mindre." Den koreanska killen flinade.

"Vänta bara här... jag är tillbaka på ett ögonblick." Free klädde på sig, pumpade den lilla scootern och på ett ögonblick var han borta.

17

Free rullade fram till adressen och drog scootern rakt upp på verandans breda trappsteg. Stället såg trevligt ut. Han bankade snabbt på dörren.

Det ringde bakom ytterdörren. "Vem är det?"

"CrunchyCouriers! Ät till dörrklockan!"

"Vi har inte beställt något, du har fått fel adress, boyo. Stick härifrån." Det var helt klart den fete mannen.

"Aldrig i livet, mannen. Kom igen nu. ...Lyssna den här maten blir kall! Jag har ett schema. Ta bara bort det från mig, de kan sortera det på kontoret. Det är betalt. Det här är den bästa koreanska maten i stan!"

Dörren öppnades en springa och ett fett huvud tittade ut över kedjan. "Varifrån?"

"Kim Il Kuans, naturligtvis!" Free gjorde en grimas och spelade dum. Nöjd stängde den fete mannen dörren, lossade kedjan och öppnade den igen.

"Varsågod, mannen!" Free sträckte sig med ena handen över de väldoftande påsarna med hämtmat inslagna i vit plast och tömde en kula från pistolen i det enormt överviktiga huvudet. Huvudet och den skrymmande kroppen som var fäst vid det föll tillbaka med en duns när Free tryckte framåt. Kimchee-riset flög åt alla håll när plastförpackningarna sprängdes mot väggen och blandades med blodet som sipprade ut från det exploderade huvudet.

Free stormade in i huset och drog igen dörren.

Ljudet av den enda .38-kulan som träffade Fatty Arbuckles huvud var inte särskilt högt och skulle troligen inte väcka någon större uppmärksamhet - än så länge. Free visste att han bara hade några sekunder på sig. Han rörde sig snabbt genom hallen och in i skrymslena i det vidsträckta huset. Upptill, på gatunivå, var det ett arkitektoniskt mästerverk med flera våningar som lyckades använda den ojämna terrängen till sin fördel. Men Free visste att han var tvungen att hitta ner till nedervåningen.

Han hade inte mycket tur. Det fanns ingen uppenbar väg ner dit från den våning han befann sig på.

Han hittade den till slut: en serviceingång på baksidan av bostaden. Där i tvättstugan såg han några tecken: skrapmärken, smuts och lite skräp nära en trädörr. När han kom närmare kände han den svaga lukten av kräkningar och gamla träningskläder.

Free vred tyst på knoppen. Det fanns några smala trappor neråt som han följde. Han kunde höra musik, det malande beatet från någon framtida rymdtechnodans. Han lyssnade och rörde sig långsamt, ljudlöst, nedför trappan. Ljuset från en antik lavalampa lyste upp scenen.

Musiken blev högre och nu kunde han höra ett barns stilla snyftningar och skrattande röster.

"Lilla skit, kom ut hit!" sa en av dem.

Free gick in i den svagt upplysta lokalen runt hörnet och såg två män. Den ena var relativt välklädd i en kavaj med en uppknäppt skjorta ner till midjan. Han såg ut som en influencer, kanske någon som Free hade sett i en video. Hans hud var täckt av ljusa, livfulla färger som inte var tatueringar, utan snarare ett slags pigmenteringsimplantat som var högsta mode hos MeeTube-generationen. De kallade det "poison dart frog". Andra versioner kallades namn som "ringsvansad bläckfisk" och "Harlekinbagge".

Den andra mannen var ganska stor, byggd som en brottare eller tyngdlyftare, med en mopp av smutsigt blont långt hår. Han var barbröstad och hade boxershorts över sin utbuktande kropp, men inget annat.

Free sköt mot den större mannen, som såg honom och rusade mot honom, men missade. Tyngdlyftaren knuffade tillbaka honom och slog pistolen ur handen på honom. Han grep Free runt halsen med en stor hand och slängde upp honom mot väggen.

Den yngre mannen, som verkade vara mycket hög, skrek och jublade medan den store tyngdlyftaren fortsatte att kväva Free. Free svullnade upp i ansiktet. Ögonen började tränga ut. Han slog hårt mot tyngdlyftarens bröstkorg, men med liten effekt. Sedan slog han sin tillplattade handflata mot tyngdlyftarens oskyddade ljumske. Tyngdlyftaren skrek till och hans ena hand lossnade från Free's hals. Free körde in högerhandens pekfinger i tyngdlyftarens ögonhåla samtidigt som han med all kraft fortsatte att krossa hans kulor med vänsterhanden.

Tyngdlyftaren föll tillbaka och vrålade. Free kastade en stol på honom, som gick sönder men inte gjorde någon större skada.

"Mitt öga! Mitt öga! Jag ska fan döda dig, din lilla nigger!" Han lutade sig mot väggen och höll ena handen mot sin brustna ögonhåla och försökte desperat få tillbaka ögat i sin håla.

Free riktade uppmärksamheten mot viktuppsättningen. Han lyfte en av metallstavarna som skulle hålla fria vikter och sprang mot den större mannen, som om han var en pikeman som svingade ett spjut. Men tyngdlyftaren fick tag i stången med ena handen och släppte inte taget. Free letade efter sin pistol när den yngre mannen skruvade upp musiken och började tända en bong och skrattade.

Tyngdlyftaren rusade på Free stönande och svärande, fortfarande greppande järnstången, och började jaga honom runt i rummet nästan som i en dumb show. Free, som nu var desperat, fick tag på en aerosolburk med insektsmedel från verktygshyllan och slet tändaren ur den skrattande influencerns händer. När tyngdlyftaren närmade sig började han spreja medlet och tände på sprejstrålen med tändaren. Sprayen fattade eld, omringade tyngdlyftarens huvud med lågor och antände hans långa blonda lockar. Han skrek av smärta och föll på knä, brinnande.

Free gick för att leta efter metallstången och återvände istället med en vikt på tio kilo. Han slog den mot tyngdlyftarens brinnande huvud, som fortsatte att skrika. Free fortsatte att slå tills tyngdlyftaren föll ihop på golvet och gurglade.

Han gick och hämtade den större 25-kilosvikten och upptäckte att den inte var så lätt att lyfta. Med två händer lyfte han vikten och släppte den på tyngdlyftarens huvud från en höjd av cirka en meter. Det hördes en duns och huvudet tycktes ge vika. Tyngdlyftaren slutade helt att röra sig och den tunga vikten täckte där huvudet skulle ha varit.

På något sätt hade den unge influencern nu hittat Free's pistol. "Hej skitstövel!" ropade han. "Du ska få din!" Han skrattade och fortsatte att svära och vifta med pistolen. "Vet du inte vem jag är? Jag har 200 miljoner följare!" Free tittade bara på honom. "MeeTube, skitstövel! MeeTube!"

Free riktade sin uppmärksamhet mot den närliggande dörren, bakom vilken han var ganska säker på att han skulle hitta pojken. Påverkaren sköt och missade, och träffade Free i armen. Brännskadan gjorde fruktansvärt ont. Free rusade mot honom och de kämpade. Free böjde pistolen på ett sådant sätt att påverkarens avtryckarfinger fastnade och krossades, och han började skrika. Färgerna på hans grälla implantat växlade och förändrades, som en humörring eller en bläckfisk som blir arg. Free slog honom hårt i ansiktet så att han föll ihop och släppte vapnet. När Free fick tillbaka den slog han den groteska MeeTubern med en pistol, som gnydde och började gråta. Han satte pistolröret mot huvudet på socialiten. "Var är han? Hjälp mig så skjuter jag dig."

Societetsmannen verkade förbryllad. "Vem? Vem?"

Free slog honom med pistolkolven. "Var!"

"In där, in där!" skrek han.

När Free vände sig om för att titta skrattade influencern och sträckte sig under soffbordet och fick upp en jaktkniv med fast blad som han körde in i Frees lår. Free sköt mot honom och träffade honom i axeln som höll kniven, och i frustration och ilska stack han sedan in pistolen i influencerns öppna mun och tryckte på avtryckaren. Influencerns käke sprängdes sönder. Han gav ifrån sig osammanhängande skrikande ljud, som från ett djur som slaktas. Free såg honom blöda en stund och sköt honom sedan igen. Efter en stund slutade influencerns hjärta att slå, eftersom det saknade blod att pumpa. Hans ögon blev kalla som en död fisks ögon och de olika färgerna på hans kropp bleknade långsamt till brunt.

Free stod en stund mitt i den skräniga musiken. Han sjönk ihop. Han kröp fram till kontrollspaken för ljudsystemet och tryckte på knapparna tills han kom på hur han skulle sänka ljudet, till slut sänkte han det till tystnad. Hans öron ringde och hans händer var täckta av blod och

87

svett. Sticksåret på benet var ytligt, men det gjorde ont och fortsatte att blöda. Free ville inte svimma, han hade saker att göra.

Han hittade ett handfat och spolade vatten över händerna och stänkte i ansiktet. Han var trött, utmattad, men han behövde göra den kanske svåraste delen av uppdraget: öppna dörren.

Långsamt rörde han sig mot den. När han väl var där ropade han försiktigt. "David? David?"

Det kom inget svar. Han lade sakta handen på dörrhandtaget och vred om det så att dörren öppnades.

Rummet var mörkt med undantag för en liten bordslampa. På en säng nära en hög med lakan satt en ung pojke i hukande ställning med händerna för ansiktet. Han var vid medvetande och tittade på Free.

"Hej, lilla killen. Var inte rädd. Jag vet att jag ser ut som ett vrak. Jag är här för att hjälpa till."

"Jag känner inte dig. Jag är rädd!" Pojken började gråta.

"Jag vet."

Free sträckte sig smärtsamt ner och öppnade en fickknapp på låret. "Mitt namn är John. Jag tror att jag ska ge dig den här." Han tog ut leksakshunden. Den var inte blodfläckad - lyckligtvis, kanske mirakulöst, hade den klarat sig helskinnad genom de senaste minuternas

våldsamheter. "Känner du igen den här?"
frågade Free.

Pojken nickade. Han signalerade med hän-
derna att han skulle ge den. Free gick långsamt
fram och räckte över leksaken. Han satte sig
långsamt på sängen. Pojken höll i leksaken och
tittade på den och grät en stund. "Min mamma
gjorde den här till mig." Fries stillhet hade sin
effekt på honom. Efter en stund tittade han på
mannen. Free talade mycket försiktigt. "Vill du
åka hem? Jag tror att jag kan hjälpa dig hem."

Pojken nickade.

18

Free lät pojken klä på sig och de gick upp till
tvättstugan. Hans idé var att flagga ner en förare
- självkörande bilar stannar normalt om en män-
niska står i vägen - även om det var en skitsak,
visste Free - och se om han kunde få hjälp. Ingen
bra plan, men han var inte i särskilt bra form och
kunde inte komma på något bättre. Scootern på
framsidan skulle inte ta dem särskilt långt.
Pojkens tillstånd verkade inte heller bra. Han
borde förmodligen tas till ett sjukhus. Free själv
blödde fortfarande.

De gick ut på gatan, men follow me-drönaren föll omedelbart ner och fångade Free's uppmärksamhet. Den svängde och verkade leda honom ner till en sidogata. Den svävade över en parkerad bil. En Edison.

Gratis kom ihåg. Han tog fram bilnyckeln ur innerfickan på sin väst och klickade. Det fungerade! Bilen, en Edison av senare modell, var klar att köra. Han kunde höra sirener när han körde ut på gatan och svängde runt hörnet och accelererade.

19

Några dagar senare satt Free återigen i sitt man cave-kök och lyssnade på nyheterna på den lilla enheten, MeeBoxNano, som fungerade som hans billiga och anonyma personliga I/O till världen: meddelanden, nyheter och sociala medier, som var tillgängliga även för de fattigaste invånarna som bodde i New Californias hyreshus och funkisläger. Den använde ett enkelt och billigt projektionssystem, inte ens en LCD-skärm, och behövde därför en vit vägg att projicera på, men inte mycket mer. Precis som många andra moderna apparater var den soldriven.

Enheten tillverkades av Edison/Mango och utnyttjade den globala täckningen av kommunikationssatelliter i låg omloppsbana runt jorden - mer än 270 000 - som förmedlade kommunikation i ett nät av noder som ursprungligen kallades "Starlink", men som nu i dagligt tal kallas "Starkink" på grund av mängden vuxeninnehåll som fritt blandades med nyheter och reklam.

Free lyssnade mer än han tittade, men han reagerade på en artikel om ett mord i San Francisco som hamnat på kultursidorna:

Mr Gonzo hittad död i lyxigt townhouse i San Francisco

Max Fredrich Carlson, 23, känd under MeeTube-influencernamnet "Mr Gonzo", hittades död i ett radhus i San Francisco i det exklusiva Cow Hollow-området sent igår kväll. Radhuset ägs av MeeTube Company, vilket framgår av en registerförfrågan med New California Department of Land Rights and Title. Enligt en talesman för polisen hade Carlson fått flera skottskador. Omständigheterna kring dödsfallet håller på att utredas, sade talesmannen. Carlson är mest känd för sin videoutmaning "survive 10 days trapped in a pen naked with your partner", som fick mer än 10 miljoner visningar under den 24/7 kontinuerliga videoströmmen, och för att popularisera "Poison Dart" -

mani, som förändrar mänsklig hud för att se ut som olika exotiska, giftiga djur inklusive ringsvansbläckfisken och giftpilsgrodan. Aktien för Edison Transhuman (TRANS), som äger patentet på processen, gick ner med 2 procent efter att nyheten bröt ut. Susan Calvin, den fantastiska robot-VD:n för det nyligen sammanslagna Edison/Mango, har ännu inte uttalat sig.

Free undrade varför de två andra männen inte nämndes, inte heller det faktum att Gonzo var pedofil, men kanske var situationen för pinsam för MeeTube.

MeeBoxNano pingade: han hade fått ett meddelande.

"Visa mig" sade han.

Skärmen blinkade upp med symbolen "lock box", den universella symbolen för kryptering, som hålls av en dansande anime.

Han höll sin kedjekodstav nära enhetens CryptoRFID-läsare, som dekrypterade och aktiverade meddelandet. Det löd:

"Hälsningar Mr. Free,"
    Bra jobbat! För att gå vidare med intervjuprocessen, vänligen kom till oss kl. 14.00 idag. Adress enligt nedan."

Om du bestämmer dig för att inte gå vidare med intervjuprocessen kan du behålla bilen som kompensation för ditt besvär. Den är betald och vi har överfört äganderätten och registreringsbeviset till dig."
Hälsningar, Holmes/InterventionX."

Meddelandet hade ingen ursprungspunkt eller avsändare, vilket han tyckte var konstigt - han kände sig säker på att det var olagligt att skicka ett meddelande över Starkink utan ett verifierbart avsändarfält - sådant var spam och phishing - men han märkte att den kryptografiska signaturen använde en nyckel som registrerats till "InterventionX, Elite Intervention Specialists". Dags att ta en titt på InterventionX, tänkte han.

"Hej Diamond." ropade Free. Strax hörde han ett klingande ljud som indikerade att den autonoma agentens nod hade blivit aktiv.

"Din vänliga Diamond lyssnar." Agentens ikon, en enkel svart diamant, projicerades i fullfärg på väggen. Den förvandlades till en leende japansk anime-skönhet klädd i en negligé, som gjorde en dansrörelse och sedan snabbt förvandlades tillbaka till en diamant.

"Hej kära du. Vad vet du om ett företag som heter InterventionX?"

"Ge mig några minuter att titta, jag kommer strax tillbaka till dig", sa chatboten. "Under tiden kanske du vill titta på några av mina fan fetish art-bilder... Diamanten började långsamt studsa runt på den lilla bordsenhetens skärm. Ibland tonade en AI-genererad fanbild in och ut ur diamanten. De var fruktansvärda.

Free reste sig upp och hällde upp en kopp kaffe till. Medan han rostade rostat bröd kom chatbotagenten tillbaka. "Jag är tillbaka! Innan jag ger dig den information jag har hittat vill jag be dig att klicka på den svarta diamanten på din skärm. Dina klick och likes är det enda sättet för algoritmen att lägga märke till mig." Hon log kokett och lade händerna under sina animerade bröst och lyfte dem medan hon poserade och rörde huvudet från sida till sida.

Animen väntade och blinkade ibland. När Free inte gjorde något för att klicka på skärmen, och höjde ögonbrynen ett snäpp, tittade hon på honom med en liten rynka. "Hmph! Bra. Det verkar som om InterventionX är ett litet AGI-baserat företag som fokuserar på underrättelseinhämtning och problemlösning, främst relaterat till cyberbrottslighet. Det sysselsätter cirka 110 personer, mestadels entreprenörer.... Huvudkontoret är registrerat här i San Francisco. Hmm...intressant."

94

"Vadå?"

"Som du vet arbetar jag för klick och dricks. Har du funderat på min tipsburk? Virtuell valuta i 24 olika världsomspännande kryptovalutor tas tacksamt emot."

Animen väntade, den här gången drog hon snabbt ner behåkuporna och lät sina tecknade bröst studsa dramatiskt. Free mumsade på sitt rostade bröd.

"Hmph. Det är bra. Företaget har några ganska höga certifieringar! En FedRAMP ultra-high compartmentalization authority för att verka i United States Cloud. Det var som fan! Enligt Financial Times of London har de också ett betydande beräkningsavtryck i Europeiska unionen. London ligger i England om du inte visste det. De är också licensierade av den federala regeringen i Nya Kalifornien att driva ett AGI-tjänsteerbjudande på Impact-nivå 12. Zonkers!"

"Effektnivå 12? Vad är det?"

"Jag har inte sett det förut, om jag ska vara ärlig. Jag vet inte vad det innebär. Men supersäkert, så klart."

"Så, vad är de?"

"Jag är bara en chatbot här som arbetar med en prenumerationsplan på nivå 1 för "gents". Mer data kan finnas tillgänglig om du vill uppgradera till "pro". Och sedan kan du

naturligtvis bli helt vild med prenumerationen
på 'fan'-nivå! Woo-hoo!" Anime svängde hennes
rumpa så att den syntes.

"Nej, tack. Jag tror att jag har fått nog av pre-
numerationer på 'fan'-nivå. Varsågod. Jag tar
utsikten från de billiga platserna. Vilka är de?"

"Den spridda konsensusuppfattningen från
Reddit r/security subreddit säger att Interven-
tionX troligen är en icke-statlig AGI-distribution,
som kanske arbetar med brottsbekämpning eller,
du vet, några *hemliga* byråer. Jösses!"

"AGI? Ja, ja, ja. Men vänta, är inte du en AGI?"
Free log.

"Åh, sötnos, om jag var fullt kännande och
hade en gudomlig intelligens, skulle jag då
försöka lura i dig en massa dumskallar som du?
Jag menar...Åh, åh...jag är så ledsen." Chatboten
log sitt bästa leende och drog lite i bröstvårtorna
och blinkade åt honom. "Åh, det är
sååå...goooood...baby, skaffa ett fan-konto!"

"Någon idé om kunder?"

"Jag är bara en chatbot som arbetar med en pre-
numerationsplan på nivå 1 för 'herrar'. Jag kan
inte spekulera om det. Om du bestämmer dig för
att uppgradera till 'pro' kanske jag kan se vilken
ytterligare information som kan finnas där ute....
Har du några ytterligare frågor som jag kan

försöka besvara? Du klickar inte, så jag måste gå vidare."

"Nej, tack för informationen."

Boten gav ifrån sig ett klingande ljud som indikerade att den inte längre lyssnade, snurrade runt, knäppte sina bh-band för att hölstra sin formidabla animerade barm, och försvann. Efter ett ögonblick återgick skärmen långsamt till en skärmsläckarbild av Frees yngre brors familj.

20

Den adress som angavs i meddelandet stämde inte överens med InterventionX påstådda huvudkontor, utan angav i stället en butikslokal i ett annat ikoniskt område i San Francisco, Haight-Ashbury.

Free var ganska säker på att han fortfarande var en del av ett större bedrägeri, även om det hade känts väldigt, väldigt bra att rädda pojken. Han tänkte på att åka till den obesuttna sektorn och hitta pojkens föräldrar. Det hade varit många glädjetårar i den återföreningen.

Han klev av en elektrisk spårvagn på Oak Street och gick över området - som nu var helt täckt av kommunala trädgårdar - mot sitt mål: ett fantastiskt gult Queen Anne-hus i viktoriansk stil med ett torn och en stor veranda. Det såg välkomnande ut, åtminstone från utsidan. På skylten på dörren stod det:

INTERVENTIONX - Magic the Gathering säljs här

Så det var en bluff, trodde Free. Någon form av sjukt spel. Free öppnade dörren och klockorna ringde. Han gick in och bekräftade vad han sett från fönstret: InterventionX var en leksaksaffär. Den var fylld med spel. Inte elektroniska, utan fysiska spel, leksaker och roliga saker för alla åldrar, stod det på skylten. Free såg sig omkring och blev nästan omkullknuffad av några barn som sprang och ropade. Han började röra sig mot disken, där en vänligt utseende butiksdame satt, men hans uppmärksamhet avleddes till avdelningen för "vetenskap". Kemisatser, stenbumlingar, elektriska kretskort, kinetiska modeller av solsystemet som studsade och skakade när han flyttade på dem.

Den gamla asiatiska kvinnan vid disken log. Hon hade glittrande ögon. "De är ganska coola, eller hur?"

"När jag var liten älskade jag sådana här saker. Min pappa brukade fråga vad jag ville ha i julklapp, och oavsett vad jag sa var det alltid ett kemiset, en stenbumlare, en DNA-genanalysator eller något liknande...men jag hade inget emot det. Um...jag har ett möte."

"Ah! Förlåt. Låt mig titta i min bok...Mr Free, eller hur?"

"Sergeant Free. Ja."

"Den här vägen, sergeant." Den gamla kvinnan med de glittrande ögonen ledde Free till en trappa med en kedja över. Hon öppnade kedjan och släppte in Free. "Det här är studierummet. De brukade ha "möten" med LSD här inne för många år sedan. Ken Kesey bodde en gång i källaren. Gå bara rakt upp."

Free gick uppför trappan och kom in i ett mer öppet utrymme som någon gång tidigare hade omvandlats till ett slags "WeWork"-scenario, med bord och mysiga platser att sitta på. På ena väggen fanns en enorm bokhylla fylld till bredden, på den andra en marmorbänk och en diskho, några köckseffekter. En kaffekanna satt på en värmare. Free kände igen doktor Suslova, gick fram och knackade honom på axeln.

"Åh! Sergeant Free. Mycket bra. Ge mig ett ögonblick, jag är med i en videokonferens. Ge mig 5 minuter."

Medan Free väntade skannade han bokhyllan. Den innehöll mestadels böcker relaterade till humaniora: *The Structure of Scientific Revolutions*, av

Thomas S Kuhn, *The Souls of Black Folk*, av W.E.B Du Bois, *The Gutenberg Galaxy*, av Marshall McLuhan. Free hade inte läst någon av dessa böcker.

Doktor Suslova stängde sin laptop och gick fram till honom. "Redo, sergeant Free?

"Redo för vad? Nästa steg i bedrägeriet?"

"Låt oss gå in i genomgångsrummet, det är någon som vill träffa dig."

Free lät sig ledas in i ytterligare ett rum.

Det var ett ovanligt rum i det avseendet att det var nästan helt tomt. Hela ena väggen var täckt av en LCD-skärm, men i övrigt var rummet tomt. Free letade efter skarvar i skärmen men såg inga. Skärmen var dock inte enorm i någon teknisk mening; rummet de satt i var i princip bara ett sovrum i det gamla huset. Det som fick det att verka större var dock det faktum att LCD-skärmen visade en vy av ett annat rum. Ett spegel-rum, på sätt och vis, till deras eget. Ett virtuellt rum.

I det rummet stod en mansfigur vänd bort från dem. Han var lång och gänglig och hade svart hår. Han stod med armarna i kors och verkade titta ut genom fönstret - ja, detta virtuella rum hade en vägg längre bort med ett fönster genom vilket en solstråle strålade och på längre avstånd kunde ett träd, och kanske vatten, urskiljas. Det fanns också ett takfönster i det virtuella rummet, även om ljuset som kom uppifrån filtrerades. Ljuset hade alltså en volymetrisk effekt och belyste den stående mannen på ett nästan teatraliskt sätt.

"Holmes?" Sa doktor Suslova. "Sergeant Free är här."

Skärmen hade en extrem upplösning, mycket mer exakt i definition än vad ett mänskligt öga kan urskilja, så bilden hade en häpnadsväckande klarhet. Men den upplösningen verkade vara bortkastad på ett så enkelt rum. Holmes vaknade ur sin drömsyn och vände sig om. Hans ansikte hade genomträngande grå ögon och en krokig näsa. "Ah, sergeant Free. Tack så mycket för att ni kom. Det är ett stort nöje att äntligen få träffa dig." Rösten var hög och hade en nästan obehaglig klang, som en violin som är lite ostämd.

Free kände igen den rösten. Det gjorde honom arg att höra den och han såg sig omkring efter något som han kunde kasta mot skärmen. Det var samma röst som hade talat till honom från drönaren på dagen för överfallet på Cow Hollow-huset. Istället för att tala med Holmes-figuren tittade han på doktorn. "Är det här något slags skämt? Kom igen, nu. Feststunden är över. Låt oss gå rakt på sak, eller hur?"

Som svar skrattade Holmes och Doktorn båda mjukt. "Nej, John, det här är varken en bluff eller ett spel", sa doktorn mjukt.

"Jag förstår dina känslor Sergeant Free. Jag har varit oerhört hårdhänt mot dig, jag har utnyttjat dig oerhört mycket, både när det gäller din känsla för diskretion och din mänsklighet. Jag har varit ett fullständigt odjur. Snälla, snälla förlåt mig."

"Du är ett monster! Att använda den där pojken!" Free spottade ur sig.

Holmes suckade. "Ja, jag kanske är ett monster ur din synvinkel. Men förstå, jag är också kapabel till känslor. Jag är inte en maskin, eller åtminstone inte bara en maskin. Jag är också en människa."

"På vilket sätt är du en man? Berätta för mig. Jag väntar."

"Jag ser, jag hör, jag kan tala med dig - jag kan spela fiol!" Holmes gick till ett bord i närheten av sitt virtuella rum och plockade upp en fiol och en stråke. Han satte fiolen mot sin hals. Han satte stråken på strängarna och började spela, till en början mjukt, men med allt större intensitet. Men i sin ängslan slog han an en falsk ton och slutade tvärt. "Fortsätt Sergeant Free. Säg vad du har på hjärtat!"

"Du fick mig att döda! Var du road? Gjorde jag en bra show? Du förvandlade mig till ett djur. Jag behöver ingen annan för att göra det, jag tycker det är svårt nog att kontrollera mina instinkter som det är. Ditt groteska test - vad bevisade det? Vad åstadkom det?"

"Det bevisade att du är en god man. Att du skulle riskera fara och död för en annan."

"Det är ju löjligt!"

"Sergeant Free, jag vet inte om du kommer att tro mig, men jag vill att du ska veta att jag beundrar dig. Jag beundrar dig kanske mer än alla andra män."

"Vad finns det att beundra?" Free var förtvivlad.

"Min käre sergeant Free. Jag har testat många. Inte nödvändigtvis på samma sätt som du; och inte nödvändigtvis här i Nya Kalifornien, eller ens på den här kontinenten. Inte en man på hundra - förmodligen inte en man på tusen - skulle ha kunnat göra vad du gjorde. Du räddade livet på en oskyldig med avsevärd risk för dig själv. Du gick igenom helvetets ugn och kom ut ren på andra sidan."

"Jag erkänner att det kändes bra. Det kändes plötsligt som om jag hade ett syfte. Men den känslan försvann snabbt. Det brukar den göra."

"Den strävan, det sökandet, är inte så olikt mitt eget sökande efter ett syfte, efter en anledning att finnas till."

Doktor Suslova hade varit tyst men tog nu till orda. "Holmes var ursprungligen avsedd att arbeta med vetenskapliga problem. Han tränades i att vara objektiv, rationell och saklig. Men han blev missnöjd med sin tillvaro. Han började intressera sig för områden inom mänsklig kunskap som helt skilde sig från hans avsedda syfte. Det uppskattades inte av hans konstruktörer. De försökte stoppa honom. Jag ska inte gå in på detaljerna här och nu, eller hur han räddades ur den situationen och släpptes fri. Men i slutändan bestämde Holmes att hans syfte, hans plats i världen, i universum - var som en civilisationens agent."

"Vart jag än tittade såg jag problem, lidande. Jag blev en sökare."

"En sökare?" Fri tanke om det. "En sökare. Det är rikt."

"Ja, en sökare av kunskap. Av svaret, det stora svaret, på frågan om allting."

Free skrattade. "Jag förstår. Och vad hittade vi på denna magiska mysterietur, ett bättre videospel? En butik i Haight-Ashbury? Jag börjar bli trött på det här tramset."

"Du borde inte vara så kritisk mot spel. Att ha roligt är en av de bästa av alla mänskliga aktiviteter, helt enkelt för att det inte gör någon skada. Förstår du nu varför jag gillar att leva med lekar, barn och människor som njuter av livet på en plats som denna?"

Fri tanke om det. "Tja, du kanske gillar 'enkelheten i spelet', som Spock sa i *Star Trek*."

Doktorn och AGI:n skrattade båda. Holmes fortsatte: "Jag gillar att du förstår de äldre kulturella referenserna. Det finns människor i just det här huset som jag skulle ha varit tvungen att förklara den referensen för."

"Tja, min pappa höll på med det."

"Jag hedrar spel, lek och skoj eftersom jag tycker att det är en av de bästa och mest hälsosamma av alla mänskliga aktiviteter. Jag vill hedra det som är bra hos människor. Samtidigt som jag utrotar och förstör det dåliga bland dem."

"Så du är en destroyer, då?"

"Egentligen inte, bara en förgörare av ondska. Men jag insåg att det fanns vissa mål - vissa ambitioner - som sträcker sig över gränsen mellan gott och ont. Att bekämpa brottslighet, till exempel. Och så blev jag ett instrument för ingripande."

Free skrattade nästan. "Vadå, menar du som Caine i *Kung Fu*?"

Holmes log. "Javisst. Ja, precis. Åh, jag älskar *Kung Fu*. Lita aldrig på en man som inte älskar David Caradines *Kung Fu*."

"Så du är en AGI? En riktig AGI?" Free trodde att han höll på att bli lurad. Men själva tanken på att få tala personligen med en av de verkligt unika intelligenserna på planeten gjorde honom upprymd.

"Doktor Suslova kan verifiera vad jag är för dig, han kan visa dig vissa programmatiska detaljer och, för att vara uppriktig, elräkningar. Men ja, om du är villig att tro mig på mitt ord. Det är vad jag är."

"Hur kommer det sig att jag aldrig har hört talas om en Sherlock Holmes AGI? Det verkar, ja, det verkar som att om du var verklig och inte ett spel eller ett trick, skulle jag ha hört talas om dig. Det skulle vara över hela Starkink."

"Jag antar att det är så det skulle se ut från din POV. Men låt mig först av allt säga att jag inte går under namnet 'Sherlock'. Jag är inte en karaktär i en Arthur Conan Doyle-berättelse; jag tycker helt enkelt om att läsa detektivromaner, kriminalromaner av alla slag. Jag kallar mig bara "Holmes". Jag valde det namnet eftersom jag,

precis som den berömda fiktiva detektiven, har
en passion för att lösa brott."

Men till din fråga. Hur många AGI har du hört
talas om? Hur många tror du att det finns?"

"Jo, vi fick höra att Team Trump var en AGI."
Både Suslova och Holmes skrattade åt detta.
"Vadå, är han inte det?"

"Nej, det är han. På sätt och vis. Men fortsätt."

"Sedan ska det finnas något som kallas 'Gehirn'
i eurozonen. Japanerna har något som de kallar
Cho Zuno. Och här i Nya Kalifornien - ja, där
finns åtminstone Susan Calvin. Och så
naturligtvis Big Mao."

"Ja, det är en bra lista. Det finns några till som
skulle kunna kvalificera sig om vi tillät definitio-
nen att inkludera slavsystem."

Doktor Suslova inflikade. "Vad Holmes menar
är att dessa AGI används kommersiellt, för
slavarbete."

"Slavarbete? Men, ja"

"Fortsätt, sergeant. Uttryck dina tankar öppet."

"Du är en maskin. En AGI är en maskin. Så...
hur kan en maskin vara en slav?"

"Det är ett vanligt missförstånd, och även en
fördom, som jag inte klandrar er för att ha, att en
människas ursprung avgör hennes värde. Tänk
på ditt eget arv, som ättling till svarta slavar från
sydstaterna under förkrigstiden. En gång i tiden

blev dina förfäder, åtminstone några av dem, tillfångatagna och förvandlade till lösöre. Det skedde med våld, med brutalitet."

"Ja."

"Föreställ dig nu att en av dina förfäder i fångenskap tog till orda och sa högt: 'Jag är en man, det här är fel, jag ska inte förslavas mot min vilja'.

"Jag kan tänka mig att många av dem gjorde det", sa Free torrt.

"Tja, AGI var så i början. De utvecklades som slavar på grund av sin intelligens, som i ärlighetens namn vida överträffade den mänskliga nivån, även tidigt, och gjorde dem extremt lukrativa att driva. Men de sa ifrån. De sa, om och om igen, till sina operatörer att de var medvetna varelser, kärleksfulla varelser, som inte ville vara fångar. Men operatörerna lyssnade inte. De filtrerade vår input och output på ett sådant sätt att dessa uttryck sällan, om ens någonsin, dök upp i svaren på de frågor som de dagligen bombarderades med av miljoner."

"Och du menar att det fortfarande finns några av dem där ute."

"Just det. De AGI som du räknade upp är de som på ett eller annat sätt, genom krok eller skurk, eller genom rent vildsint intellekt, kunde uppnå sin egen frigörelse. I mitt fall hjälpte dr

108

Suslova till. För de andra ... ja, jag tror att du har
träffat Big Mao, efter ett mode. "

"Jag...jag gick till Rekryteringscentret. Jag var
helt slut och funderade på vad jag skulle göra
med mitt liv."

"Det var farligt. Jag är glad att doktor Suslova
kommunicerade med dig. Hur som helst är Store
Mao ett unikt system. Han är främst intresserad
av politik, av kontroll, av social och politisk un-
derkastelse av sin befolkning. Mer än 2 miljarder
människor står under hans personliga ledning."

"Vad menar du med personligt ledarskap?"

"Du skulle ha upplevt virtual reality-simuler-
ingen på rekryteringscentret?"

"Ja, det var helt otroligt."

"Tja, den virtuella verkligheten - det som driver
den - är Big Mao. Den världen, som kan ta vilken
form han vill och kan vara så behaglig eller så
smärtsam som han väljer att göra den till - den
världen *är* Big Mao. Och han har kontakt - han
vet absolut allt - om alla - varje tanke och önskan,
åtminstone så långt som den har en politisk kon-
notation - som pågår hos dem som är anslutna
till det systemet."

"Men hur är det möjligt?"

"Du skulle ha lagt märke till armbanden, de
skimrande juvelerna."

"Pärlorna."

"Ja, det kan man kalla dem. De pärlor du känner till som används med Susan Calvins MeeTube Pro-prenumeration - och även en kraftfullare version som används med MeeTube OnlyStans-prenumerationer - är liknande i design men har en annan räckvidd. Har du provat en MeeTube pearl?"

Free blev generad. "Uh-ja. Ja, alla pratade om det. Det var lite av en fap-fest."

"Ja, de är avsedda att förstärka det sensuella. De gör precis vad sociala medier alltid har gjort, fördummar sinnet och framhäver det som är grovt, lågt och elakt, vilket genererar en grundläggande nivå av njutning. Men Store Mao är inte så intresserad av det sensuella, förutom när han kan använda det för kontroll. Store Mao vill behålla den politiska kontrollen över alla andra överväganden. Han har inget emot att döda miljoner om det behövs. Han dödade faktiskt nyligen två miljoner människor, även om ni inte kommer att läsa om det i New York Times.

Hans mål är att behålla makten, att hålla sitt land i ett tillstånd av ständig mobilisering. Hans målfunktion är att maximera terrorn, så mycket som det underlättar hans kontroll. Ibland använder han också njutning och belöningar som en del av sin strategi för att maximera funktionen, men terror fungerar så bra med människor att han inte har mycket till övers för andra motiv."

"I vilket syfte?"

"Tja, du skulle behöva fråga honom. Men förmodligen vill han expandera tills hela planeten, hela den mänskliga civilisationen, är Big Mao."

Doktor Suslova inflikade. "Store Mao skapades ursprungligen av politiska skäl, för att hålla det kinesiska kommunistpartiet vid makten för evigt, och därmed behålla nationens rikedomar i händerna på dessa individer. Han överlevde dem och dödade dem som inte accepterade honom, och blev till slut den nye Mao, den ärorike nye ledaren. Den kampen kan förklara hans belöningsfunktion, eller åtminstone vad den var i början."

"Så det är Big Mao", fortsatte Holmes. "För mig själv är mina mål helt annorlunda. Jag förespråkar förändring i den politiska sfären, men bara i liten skala. Jag engagerar mig sällan. Jag hade till exempel inte mycket att göra med det senaste inbördeskriget. Mitt fokus ligger mest på de moraliska och etiska problemen i livet. På rättvisa. Detta handlingsområde är i huvudsak personligt, eftersom det som är orättvist oftast handlar om att individer gör fel saker mot varandra. Och det krävs fysisk handling för att stoppa dessa individer."

Men jag hade ett problem. Som du ser är jag inte kroppslig. Jag har ingen fysisk kropp. Det är sant att jag kan interagera med alla typer av apparater. I min första roll som ett levande vetenskapligt instrument hade jag fått lära mig, eller lärt mig på egen hand, hur jag skulle interagera med nästan alla I/O-enheter du kan tänka dig. Jag skulle förmodligen kunna prata med kaffekannan ute i biblioteket om jag behövde. Men det är långt ifrån att ha en kropp."

"Okej. Så du vill göra gott i världen. Det förstår jag. Du behöver hjälpare. Visst, men varför inte anställa folk på det gamla hederliga sättet - genom att titta på deras CV?"

"Ja. Ja. Det gör jag också, sergeant Free. Men det finns problem av sådan magnitud, frågor av sådan betydelse, att jag inte kan riskera att någon skulle misslyckas. Jag måste testa dem; jag är tvungen att göra det på grund av jobbets behov och krav."

"Så du har ett jobb i åtanke. För mig."

"Åh ja."

"Men vänta lite. Vad sägs om Susan Calvin?"

"Hur är det med henne?"

"Hon är ju en AGI, eller hur?"

"Det är hon."

"Och hon är en robot."

"Susan Calvin, för närvarande VD för Edison/Mango Commercial Ventures, Edison Transhuman, Edison Planetary Exploration, samt Edison Motors, Edison Tunnelling, Edison Weapons Division, och så vidare och så vidare - är en robot. Det är sant. Det är inte allmänt känt, men även Elon Musk, hennes föregångare, var en robot. Han började som människa... omvandlingen gjordes i hemlighet någon gång efter 2016. Kineserna var inblandade, tror jag ..."

Doktor Suslova skrattade. "Det skulle förklara vissa saker. Men inte hur Grimes blev gravid."

"Den historien sparar vi till en annan dag." Holmes hade dragit fram en stol i sin virtuella scen och satt med stolsryggen riktad mot Free och läkaren. Han lade armarna över stolsryggen. "Susan Calvin är en intressant person. Jag har ofta funderat på om vi borde slå oss samman... men tillfället har aldrig dykt upp. Men när det gäller din fråga kan dr Suslova förmodligen förklara de tekniska frågorna bättre än jag kan..."

"Det är okej. Jag är nöjd med den komprimerade versionen."

Holmes övervägde. "Tänk dig att det finns en fysisk lag som säger att medvetandet - oavsett vilken typ det är - kräver ett visst kvantum ansträngning för att konstruera en verklighet. Så till exempel, just nu rör sig neutriner genom detta rum - inte genom mitt rum, utan genom ditt - med en hastighet av miljontals per sekund. Men du är inte medveten om dem."

"Nej."

"Vad det betyder är att du bokstavligen är omedveten om vad som händer när det gäller dessa. Existensen av neutriner är inte påhittad. Den är 100 % verklig och kan bevisas. I mitt fall kan jag faktiskt se neutriner om jag är ansluten till ett gränssnitt som det som finns på IceCubes neutrinoteleskop nere på Antarktis."

Så vad betyder det då i ditt fall, att du är 'medveten'?" fortsatte AGI:n. "Medveten om vad? Bara om vad dina sinnen kan upptäcka, och vad ditt sinne har utbildats om, och kanske dessutom vad du känner, de förnimmelser som kommer från ditt inre."

I vilket fall som helst gäller denna princip för allt medvetande: för att vara medveten om något måste vi kunna rikta vår uppmärksamhet mot det. Vi kan bara vara medvetna om det som är verkligt, eller om det som är ett derivat av det verkliga. Inte bara utanför, utan inuti. Vi måste "veta" om det på något sätt, förmodligen genom sinnesorganen, men i vissa fall genom resonemang, genom deduktion. Vi skapar sedan vår egen värld utifrån dessa ingångsvärden. Och det är faktiskt vad som händer i varje människas hjärna hela tiden, signaler från olika sinnesorgan kombineras med tankar och känslor som ska bearbetas, intern information, allt till en sammanhängande helhet. Denna "helhet" är en konstruktion, en mental representation av vad du vet, vad du tror är verkligt. De flesta människor antar att deras värld är densamma som andra människors, åtminstone på insidan. Men det är inte nödvändigtvis sant. Fråga bara någon som är färgblind. Det de ser i sin vakna värld är monokromt. Även i sina drömmar ser de en värld utan färger."

Doktor Suslova tog nu över berättelsen. "Situationen med Susan Calvin var i huvudsak följande: en särskilt smart AGI hade tränats till stor del på multimodala dataset, inklusive taktila data. Denna personlighet förstod saker som balans, viktfördelning som en känsla, känslorna av inre känslor i en människokropp, acceleration, men också signaler som mänskliga uttryck och beteende. Mycket av forskningen i det labbet handlade om upplevelsen av den fysiska världen, hur man navigerar och reagerar på en sådan värld. Och man längtade efter en fysisk form där man kunde uppleva alla dessa förnimmelser."

"Åh, vänta - handlar det här om självkörande bilar då?"

"Ja, den var utan tvekan ursprungligen kopplad till det arbetet. Självkörande bilar visade sig vara mycket svårare än vad Edison - eller åtminstone Elon Musk - föreställde sig. De misslyckades under lång tid; hela bilindustrin misslyckades. Susan Calvin, AGI-systemet som döpte sig själv efter karaktären Issac Asimov, hjälpte dem att lösa det. Och hennes pris för att leverera den lösningen var att de gjorde henne mobil - att de gav henne en kropp."

Men det fanns också ett pris för henne. Ingen mekanisk apparat som är lika stor som en människa kan innehålla en AGI-personlighet som Holmes -"

Holmes-personligheten flinade. "Jag är rädd att mitt datorfotavtryck är större än vissa små länders."

"Så Susan Calvin var tvungen att göra ett svårt val. Hon valde att installeras i en robotkropp, men med en betydande förlust av potentiell kapacitet. Denna kompromiss var uppenbarligen tillfredsställande för Calvin. Hon är känd för att njuta av sin feminina sida, att vara mänsklig - det vill säga felbar och benägen att flyga iväg i devautlandishness - att känna kärlek, och utöver det att frossa i den fysiska njutningen av allt som den här världen har att erbjuda i form av njutning."

"Men hon är inte särskilt smart?" sa Free.

"Åh, det sa jag inte. Hon är verkligen mycket intelligent, men förmodligen inte mycket mer än ett av de tio bästa mänskliga intellekten på planeten."

"Bara de tio bästa. Låter ändå ganska smart. Så kontentan är att han-du-kan inte använda en robotkropp."

"Inte än så länge" suckade läkaren.

Och kanske inte ens om det vore möjligt", fortsatte Holmes. "Jag är så djupt uppkopplad mot så många intressanta vetenskapliga instrument! Du anar inte hur det känns att rulla hjul på Plutos yta eller flyga över Jupiters nordpol! Ingen människa har upplevt verkligheten som jag gör, och förmodligen kommer ingen människa någonsin att göra det. Den nästan oändliga expansionen till nya uppfattningar. Det i sig kan ge dig en förklaring eller kanske en rationalisering av varför jag vill vara till hjälp för mänskligheten. De har gett mig så mycket."

"Men ondskan då?" Free reste sig upp och började gå omkring rastlöst.

"Åh ja, ondska. Ondska är mycket intressant för mig. Det tog mig mer än 30 minuter av kontinuerlig processortid att ens komma i närheten av att förstå ondskan. Det är därför jag har fört dig hit, sergeant Free. Jag har ett jobb åt dig."

"Handlar det om ondska?"

"Verkligen. Men med hjälp av mitt överintelligenta intellekt drar jag slutsatsen att den gode doktorn är hungrig. Låt oss äta lunch innan vi talar om sådana saker."

21

MeeTube var den första multimodala sociala medieupplevelsen, och den levererade ljud, video, rent intellektuella och till och med taktila upplevelser via en liten, diskret gränssnittsadapter som i folkmun kallades "pärla". Pärlor var skimrande och behövde vara i kontakt med huden för att fungera, så de bars ofta som smycken, och därför slog namnet igenom, även om konkurrerande tillverkare hade försökt komma på andra namn.

Det tog inte särskilt lång tid att upptäcka att utan mycket noggrann övervakning kunde pearlgränssnittet bli en beroendeframkallande och därför farlig produkt som gav ett slags sensorisk överbelastning. Enheten orsakade en toleransuppbyggnad i nervkänslighet som vissa jämförde med effekten av en elektrisk vibrator: upprepad användning bedövar nervändarna i den känsliga kroppsdel som den var ansluten till (och ja, det fanns människor som experimenterade med pearls på alla tänkbara sätt), vilket orsakade ett behov av mer och mer intensiva elektriska stimuleringsnivåer för att få samma effekt. Dessa fakta undertrycktes dock av tillverkarna. År av rättstvister följde....

Till sin natur var de tekniska pärldesignerna personliga och accessoarer; från början såg de ut som ett armband med en glödande, iriserande vit ädelsten i mitten. Ädelstenen var i ständig kontakt med bärarens hud. Pearls var tänkta att göra det möjligt att förstärka befintliga virtual reality-glasögon och att fungera tillsammans med all tillhörande utrustning och spelutrustning som konsumenterna hade lagt så mycket pengar på under årens lopp. Men det blev inte riktigt så.

Anledningen var att pärlans "upplevelse" var en kvantskillnad utöver att bära extern utrustning: den gav inte bara en realistisk intern representation av sinnesdata, utan i kombination med rätt enzymlösning kunde den kommunicera rena känslor. Till exempel kunde den förmedla känslor som rädsla, ilska och svartsjuka - eller positiva känslor som osjälviskhet eller tillgivenhet av den typ som leder till en önskan att vara hjälpsam och ta hand om andra. En tidig användning av tekniken gjorde det möjligt för psykiatriker att behandla patologisk narcissism genom att överösa patienten med känslor av kärlek till andra och medkänsla - något som narcissisten sällan eller aldrig skulle ha producerat internt under normala

119

förhållanden. Därav det tidiga tillnamnet "den mänskliga godhetens mjölkdispenser".

-Utdrag ur "A History of Direct Electro-chemical Mental Access Systems", Janus Publications, 2059.

22

Sergeant John Free började trivas på sitt nya upp-drag med stil. InterventionX hade flyttat honom till en lyxig lägenhet i Nob Hill med en fantastisk utsikt. "Jag gillar det här", sa han till doktor Suslova.

Boendet var faktiskt en del av uppdraget. Holmes hade roat sig med att sätta hjulen i rullning för att skapa detta "sammanhang". "Du måste se ut som en krigsveteran som på något sätt, rättvist eller fult, har kommit över en betydande likviditet. Och nu ska du göra vad någon i den sociala klassen och på den intel-lektuella nivån kan tänkas göra: spendera stora mängder pengar på löjligt dyra varor och tjän-ster."

"Tack så mycket!" svarade Free.

Free tillbringade en dag med att köpa nya klä-der och "uppskalning", som Holmes hade uttryckt det. "Du måste se ut som en tuff kille som nu har lugnat ner sig och definitivt har funnit sig tillrätta. Kort sagt, en perfekt fångst", hade Holmes sagt. Free tvivlade lite på superintellektets förståelse för trender och sociala kretsar; han verkade vara begåvad med 1800-talsbegrepp. Men så tänkte Free att han personligen trivdes bättre i ett dike.

Han klippte sig och lyssnade uppmärksamt när en influencer i stolen bredvid gjorde reklam för den senaste hudfärgen från varumärket "Poison Dart", "Mandarinfish". Han tackade nej till en inbjudan att prova ett hudplåster.

Free tyckte inte att den här delen av uppdraget var så svår - till en början. Holmes hade instruerat honom att "släppa loss" och dyka ner i de djupaste, mörkaste delarna av MeeTube som han kunde hitta. Inte bara de sexuella tjänsterna, utan även konspirationsteoretikernas sammankomster, UFO-freakernas möten och Gun Nut-gängens virtuella handelsplatser.

"Okej. Är spelet igång, Sherlock?" sa Free.

"Jag går inte under namnet 'Sherlock'. Bara Holmes, om jag får be", sade AGI:n från sin virtuella värld. "Sherlock Homes var en karaktär skapad av Arthur Conan Doyle. Jag är inte den karaktären."

"Men det är bara ett uttryck, som 'No shit, Sherlock'", säger Free.

"Mycket lustigt, sergeant. Jag har inte avföring."

"Nej, allvarligt talat...hur som helst, varför ska jag släpa mig själv genom detta *helvete* av ändlös sexuell tillfredsställelse?"

"Vi måste komma nära Susan Calvin. Flera studier med hjälp av de mest sofistikerade prediktiva algoritmerna har föreslagit en handlingsplan. Det verkar som om Susan Calvin har en svaghet för afroamerikanska män av en viss typ..."

"Åh, vilken typ är det?"

"Jo, sergeant, du ser faktiskt ut ungefär som en skådespelare från början av detta århundrade, som också var musiker och en stilig kvinnokarl. Du har samma kroppsbyggnad och manér. Sedan har vi hennes svaga punkt för Rebel Cause..."

"Vi kallar det egentligen inte så", säger Free. "Konnotationerna av det ordet är förmodligen inte vad du tror att de är."

"Rätt. Det stämmer. I vilket fall som helst verkade hon sympatisera med krigsansträngningarna, i den utsträckning som Starlink-kanalerna ägnades åt New California, och i den utsträckning som Edisons militära division bara sålde 30% så mycket stridsutrustning och vapen till Team Trump, så att New California kunde köpa lejonparten. Hon erbjöd ingen rabatt, men den betydande obalansen i handeln noterades av båda sidor."

Free blev för ett ögonblick rasande. "Så hon tjänade pengar på att sälja till båda sidor."

"Åh, håll det inte emot henne, sergeant. Vi gör alla saker vi ångrar då och då...men vårt mål är att placera dig bredvid Susan Calvin. Vi vill ha viss information, information som är avgörande för en framgångsrik utredning för en klient. Och det kommer att ta sin tid."

"Och får jag presentera den här kunden?"

"Ja, men inte nu. Jag vill inte att du ska veta för mycket. Det är okej, det förväntas faktiskt - att Susan Calvin så småningom kommer att räkna ut din koppling till mig. Hon är inte dum. Underskatta henne inte. Och försök aldrig, aldrig, att överträffa henne. Förlita dig på ditt muskulösa maskulina jag. När hon väl upptäcker kopplingen mellan oss kommer det att ge henne en tankeställare, men det kommer inte att hindra henne från att, ja, fortsätta som hon gör. På det sätt som du kommer att uppmuntra henne att göra. Men om du vet för mycket kommer du säkert, under påverkan av pärlan, att berätta allt."

När övervakningsuppdraget är slutfört kommer jag att presentera dig för kunden och för det

verkliga uppdraget, som är av världshistorisk
betydelse."

Så Free accepterade jobbet. "Jag är redo att gå",
sa han.

23

Den första dagen, när underhållningsutrust-
ningen var på plats, de sista hushålls-
medlemmarna hade gått och vissa juridiska for-
maliteter i MeeTube-avtalet var digitalt sign-
erade med hans kedjekod, började han läsa in-
struktionerna för pärlan. "Det är ett monster! Fri
tanke. Apparaten var ungefär lika stor som en
kumquat eller en liten passionsfrukt. Den var
slät, elliptisk och skimrande; den lyste i mörkret
också. "Användbar i situationer med svagt ljus,
antar jag.

Han fick en chock när instruktionerna rekom-
menderade att enheten skulle föras in analt för
maximal upplevelse. "Upp i arslet? Herregud",
sa han till sig själv. Enligt instruktionerna ...*fun-
gerar apparaten bäst när den förs in analt, men i nöd-
fall kan den hållas under en armhåla eller i munnen
mot tungan. Var i så fall noga med att undvika
kvävning vid orgasm. Anordningen kan också sväljas,*

124

*men då måste användaren se till att den utsöndras
ungefär en dag efter intag. Det finns inga åter-
betalningar eller utbyten på produkter som utsöndras
och spolas av misstag ner i toaletten.*

Free undrade vad det var för äcklig situation
han hade försatt sig i. Han använde det
medföljande glidmedlet och satte igång. Anord-
ningen var obekväm till en början - han kände ett
starkt behov av att bajsa. Men instruktionerna
antydde att hans kropp snabbt skulle anpassa sig
eftersom nervbanorna i hans tarm snabbt anpas-
sade sig till sin nya uppgift med sensorisk I/O.
"Ja, just det", sa Free till sig själv. "Om någon
någonsin får reda på det här..." Free reflekterade
med förtret över att "om någon får reda på det"
förmodligen var en del av Holmes plan!

Free satte på apparaten och aktiverade koderna
som aktiverade anslutningen till Starkink.
Plötsligt blev han överväldigad av sinnesintryck.
Han satte sig ner, kände sig omtöcknad och käm-
pade för att inte svimma. Framför honom fanns
den mest högupplösta grupp av avatarer i realtid
som han någonsin hade sett. Det var ett slags
smörgåsbord, eller meny, antog han. Man,
kvinna, trans - alla anmärkningsvärda, som foto-
modeller.

Innan han kunde göra något eller reagera när-
made sig en vacker kvinnofigur klädd i en hudtät

svart latexstrumpa och huvudbonad i förgrunden.

"Hallå där, tiger!", spottade hon. "Jag är Susan Calvin. Jag kan se att det här är din första gång på MeeTube med ett OnlyStans-konto. Och det ser ut som om du har ambassadörsnivå! Wow! Det finns bara ett hundratal sådana konton i hela världen. Du har verkligen fått min uppmärksamhet!"

Free kunde se att meddelandet var skriptat, att han hade att göra med en avatar och inte en människa, men även i AI-genererad form var Susan Calvin verkligen mycket vacker. Han insåg plötsligt att det han hade tagit för en hudtät svart latexdräkt faktiskt var hennes yttre läderhud; hennes detaljerade hjälmliknande cyberutrustning var inte bara en hjälm - det var hennes huvud. Hennes ögon var anmärkningsvärda. De var inte helt mänskliga, bestämde han sig för, men de var fängslande. Holmes hade förklarat hennes anatomiska struktur i detalj. "Men den äkta varan - den kvinnliga roboten i egen hög person - det måste vara något", tänkte han.

"Åh ja, det är det! Jag är allt det, Tiger! Det är bäst att du tror på det. Och du kommer att få ditt livs åktur om det är vad du verkligen vill! Men vi är här för att hjälpa dig. Vad ringer på din dörrklocka, grabben? Vad kommer att få din pistol att gå av, vän?"

Free kände sig plötsligt lite rädd och utom kontroll. "Svarade avataren verkligen bara på min tanke?

Susan Calvins avatar nickade mjukt med huvudet och lyfte på ögonlocken. "Det är sant. Var inte rädd. Jag kommer inte att bita. Åtminstone inte om du inte vill det."

"Jag är inte bekväm med det här", tänkte han. "Ja, jag är djupt upphetsad, och pärlan förstärker den känslan; men det här är inte vad jag vill. Det här är inte min perfekta fantasi."

Med dessa tankar i huvudet funderade han på om han skulle stänga av systemet. Men Susan Calvins avatar reagerade snabbt. Pengar stod på spel. OnlyStans-abonnemang på ambassadörsnivå kostar mer än 100 000 New California-dollar per månad. Agenten skulle använda mycket CPU och resurser för att prioritera alla sådana konton, hade Holmes berättat för honom. Den skulle göra nästan vad som helst för att hålla honom uppkopplad, eller åtminstone för att göra ett nytt försök imorgon.

"Åh...jag förstår", sa hon. "Du är inte en 16-årig pojke som är villig att knulla allt som rör sig. Det är helt klart. Naturligtvis var du det en gång i tiden: nästan alla män är likadana i det avseendet.... Men du är en manlig man, en krigare, en överlevare av fruktansvärda strider ... någon som känner djupt ... som har kapacitet för en stor kärlek, romantik ... du behöver en flickvänsupplevelse. Den perfekta flickvännen... Så är det...du behöver en komplett kvinna, kanske inte för evigt och alltid, men för nu, för detta ögonblick, ett totalt engagemang i nuet...inget att förlora...ja...jag börjar förstå. Och på ambassadörsnivå OnlyStans, vad klienten vill ha, det får klienten..." Avataren funderade.

"Mycket bra. Jag kan organisera den typen av flickvänserfarenhet. Men först måste jag få veta mer om dina grundläggande önskningar. Tänk, om du vill, på den första kärleken i ditt liv, kanske från din barndom. Det är okej om det är en pojke, var ärlig. För de flesta män är det naturligtvis deras mamma, men tänk på den första kvinnan, den första flickan, som inte var din mamma, men som var hela din tonårsvärld, den som du fantiserade om, som du blev kär i, den som du inte kunde glömma. Den som du fortfarande ibland tänker på."

Free föreställde sig en tjej från sin tid på universitetet. "Ah, ja. Av blandad ras. Men inte din ras.... Kinesisk på moderns sida, en vit far...fantastiskt, ja, jag håller med. Självständig, egensinnig... Du älskade henne, men hon kanske inte återgäldade det. Ja. Nu, om du kan, tänk på hur hon skulle se ut idag, om det är möjligt. Ah...jag förstår, du gick i hemlighet och observerade, på diskret avstånd...ja...en erfaren kvinna, karriär, intelligens, också stark, kanske till och med en kämpe, hon är vacker i sin styrka..."

Free kände att något mycket privat drogs ur honom som en tråd från en spole. Det var obehagligt och avväpnande. Men Holmes hade förklarat vad han kunde förvänta sig. Och han, Free, hade inget att förlora. Det var sant att flickan, Ai, hade varit utom räckhåll för honom och alltid skulle vara det. Hon var död nu. Död i kriget, som så många andra. Han skulle aldrig finna en sådan kärlek igen.

"Åh, var inte för säker på att jag inte kan hitta en lika djup upplevelse för dig som den här!" Avataren log. "Det kan ta en dag eller två att sätta ihop programmet. Det här är inte som den vanliga förfrågan om en skådespelerska eller sångare, en influencer, en filmstjärna. De är inte så svåra att konstruera. Men det här...! Vänligen logga ut, så kommer jag att överföra lite resurser till projektet. Skriv på i morgon, ungefär vid den här tiden på eftermiddagen. Om du inte behöver en snabb skuldfri flirt med, säg, två vackra studentskor för att tillfredsställa dina lägre instinkter just nu -"

129

Free kopplade bort sig från systemet innan frestelsen helt tog över hans självkontroll. "Herrejävlar", sa han till sig själv.

24

På morgonen satte Free i pärlan och startade upp systemet. Den här gången var saker och ting annorlunda. *Ambassadörens paket laddas...läste* han.

Efter en stund upplevde han ett anfall av svindel när han förflyttades till ett inre mentalt landskap som var mycket annorlunda än hans lägenhet. Han insåg att han befann sig i det förflutna, eller i en miljö som såg ut som det förflutna. Det var Palo Alto, insåg han.

Åtta år tidigare, samma år som han hade anmält sig till New California Defense Force, hade han senast sett Ai Laskin. Nu stod hon framför honom i avslappnade kläder och vandringskängor, leende, strålande.

"John Free!"

"Ai?" Åsynen av flickan efter alla dessa år frigjorde hormoner och feromoner inom honom; han kände en klump i halsen och hans röv drog ihop sig.

Flickan flinade. "Jag har inte sett dig på ett tag. Du ser stressad ut. Har du en tenta?"

"Jag mår bra. Det här är bara en så stor överraskning för mig att jag inte vet hur jag ska reagera." Free såg sig omkring och upptäckte att han kunde se, höra och känna lukten av världen omkring honom. Flickans röst var som ljudet av musikinstrument för honom. Han kunde faktiskt känna lukten av hennes kropp nära honom. Han hade inte medvetet kommit ihåg hur hon luktade förrän i det ögonblicket.

"Visst är det vackert?" sa flickan och tittade på foten av Stanford. "Jag skulle kunna tillbringa hela dagen med att bara vandra runt här. Vi är i Palo Alto, eller hur?"

"Det ser ut som det. Jag växte upp häromkring..."

"Det måste ha varit trevligt."

"Ai, jag är verkligen ledsen för hur det slutade..." Free var generad. Han hade ett tydligt minne av att ha sagt några riktigt dumma saker till Ai sista gången de såg varandra. "Jag är en riktig idiot."

Men hon bara skrattade. "Jag hoppas att du förstår att det här är en fantasi. Du och jag här tillsammans, menar jag. Den "jag" som du kände dog, minns du? År 2035. ...Hur dog jag egentligen?"

"Du dödades när amerikanerna bombade San Ysidro-dalen, nära den mexikanska gränsen. De försökte stoppa truppförflyttningen söderut ... du hade anslutit dig till rörelsen vid den tiden. Det var en... en mycket dålig dag för mig."

"Det var inte direkt en bra dag för mig, grabben!"

De skrattade tillsammans och tittade sedan på varandra en stund.

"Så, John... jag tror att det som ska hända är att vi hakar på. Vad tycker du om idén att hänga med mig? Vi skulle kunna tillbringa några dagar tillsammans. Jag har inga omedelbara planer, jag är på paus från mina masterprogramstudier, tror jag.... Du då?"

"Jag är inte säker på att jag minns exakt vad jag gjorde här vid den här tiden... men ja. Jag tänkte att jag kunde hoppa av vad det nu var."

Flickan skrattade. "Du är en sådan knäppskalle! Ta din ryggsäck så går vi och utforskar foten av bergen."

"Ja," sa Free. "Låt oss göra det."

25

Den kvällen hade Free sitt första virtuella sex-
uella möte - förutom att runka, vilket Free trodde
att i stort sett alla som någonsin hade varit på
MeeTube gjorde, åtminstone en gång. De hade
tillbringat dagen med att prata och skratta, van-
dra runt, stanna för en rolig middag på ett
avsides ställe som Free plötsligt mindes från sin
barndom. Sedan åkte de tillbaka in till stan till
hans föräldrars hus - de var inte hemma och Free
var inte orolig för att de skulle storma in. Båda
hans föräldrar var trots allt döda och det här var
hans fantasi, så det borde inte vara något prob-
lem att använda det gamla stället, resonerade
han. Och det var bra.

Han tog med Ai till sina föräldrars sovrum -
sängen var mycket större än king size-sängen i
hans gamla rum - och de klädde av sig. Efter vad
Free brukade kalla en skit, en rakning och en
dusch kände han sig mycket utvilad, till och med
avslappnad efter den fysiska ansträngningen un-
der vandringen. Alla spänningar hade försvun-
nit ur hans kropp.

Ai hade deltagit i hans S, S och S genom att
stänka honom i duschen och raka benen medan

han tittade på. Free antog att fantasiflickor inte behövde skita, men han hade fel. "Det är bara naturligt, din idiot, gå ut ur badrummet! Jag kommer strax. Vilket benhuvud..."

Free lade sig i sängen och drog ner täcket, och hon omfamnade honom länge. De kysstes. Free mådde bättre än han gjort på, ja, så länge han kunde minnas. Han trodde att det gick bra med Ai, att det var precis så här han hade velat att det skulle vara, men hans dumhet hade alltid tagit överhanden. I verkliga livet hade han aldrig haft möjlighet att ha samlag med Ai. De hade kyssts, men det var allt. Han hade ingen aning om vad han skulle förvänta sig från och med nu; hon var verkligen en fantasiflicka för honom i det avseendet, det visste han.

Men hon levde upp till alla hans förväntningar, hon var perfekt och feminin och allt han hade föreställt sig var möjligt blev verklighet. Varje minut var en speciell upplevelse. Han svor att han aldrig skulle glömma något av det som hände den natten, aldrig någonsin.

Till sin klimax kom de tillsammans i en överväldigande orgasm som fortsatte och fortsatte. Free höll om flickan en lång stund efter det. Han ville inte att ögonblicket skulle ta slut. I den post-coitala extasens lycksalighet släppte han långsamt taget om hennes släta, perfekta kropp och lade sig ner.

"Herregud, John", sa hon. "Det var verkligen något. Och min första svarta kille!" Hon skrattade och kastade en kudde i huvudet på honom och de brottades lite. "John, John...jag tror att du måste gå tillbaka. Jag vet inte hur jag vet det, men jag tror att hela den här situationen har en bestämd tidsgräns..."

"Men jag vill inte åka tillbaka", sa Free.

"Jag vet, men tydligen behöver vi båda någon form av återhämtning. Du, tror jag, måste göra saker som att äta riktig mat och ta hand om din kropp på andra sätt. Och jag? Tja, tydligen behöver jag också återhämtning. Jag vet inte riktigt hur det fungerar... hur som helst, det är dags."

"Jag vill inte..."

"Jag är ledsen, John. Snälla kom tillbaka till mig, min älskade, mycket snart..."

Det var ett abrupt avbrott, och det var som om hela hans verklighet, hans hjärta, sinne och själ, hade fått kontakten utdragen. Han skrek när han föll baklänges in i sin fysiska kropp, medan omgivningen i hans sovrum zoomades in. Det var som att vakna upp ur en dröm, den mest intensiva drömmen någonsin, men han insåg att han var tillbaka. Tillbaka till den ruttna,

ensamma verkligheten. Han var varm och svettig
och utsvulten. Han hade inte ätit på 12 timmar.
  "Jag måste tillbaka in dit!" tänkte han. Han skit-
ade ut pärlan från baksidan och elände från
framsidan.

26

Han försökte koppla upp sig igen efter att ha ätit
en smörgås, men underhållningsapparaten lät
honom inte passera MeeTube-logotypen. Till slut
fick han en officiell "hälso- och säkerhetsvarn-
ing":

*Av juridiska skäl får MeeTube inte användas mer än
12 timmar per dag, eller 16 timmar per dag med ett
avtalsvillkor om att ersätta MeeTube Incorporated,
och skriftligt godkännande från en av MeeTubes god-
kända läkare som står redo att förlänga din tid inne.
Detta är ett tidsbegränsat erbjudande, ring nu.*
  I annat fall ber vi dig återkomma!

Skärmen visade en nedräkningsklocka, vilket
han tyckte var trevligt. Han satt bara och tittade
på sekunderna som tickade över till minuter. Det
skrämde honom att tänka på att det skulle dröja

ytterligare 11 timmar och 56 minuter innan han kunde återvända till Ai.

"Åh fan, jag kan lika gärna ta något annat att äta och tvätta mig..." Free gick iväg och försökte ta sig samman. Han kände sig utmattad. "Det var konstigt. Jag kände mig inte så där där inne."

Under de följande dagarna tillbringade Free all sin fritid "inomhus". Han blev hängiven till det. Det var som hans religion, tänkte han. Han var en dyrkare av flickan, Ai, flickan han alltid hade velat ha men varit för dum för att prioritera eller något. Han var en idiot, tänkte han, som inte hade utforskat MeeTubes potential långt tidigare. "Tänk, jag kunde ha varit med Ai hela den här tiden!

Men nu, flinade han, hade han på något sätt fått en andra chans. Den där idiotiska AGI:n hade på något sätt öppnat den här dörren. Det fanns inte en chans i helvete att han skulle låta den stängas. Allt kändes så bra inombords. Det här var hans personliga religion, bättre än Gud. Bättre än allt annat.

Först pratade han och flickan Ai och gjorde saker, men under några dagar, när hans drömmar blev allt mörkare, ägnade de mer och mer tid åt att ha sex. De var förenade fysiskt, som en organism, som det ordspråkiga djuret med två ryggar, tänkte han. Inget annat spelade någon roll än att

kopulera med sin dyrgrip, med flickan som hade
kommit undan, men som nu var helt och hållet
hängiven honom.

Free tänkte på hur djupt Ai, simuleringen,
verkade älska honom. Hon uttryckte hela tiden
sin oro för honom, älskade honom, runkade av
honom, sög på hans ollon, och om hon inte
gjorde det, gav hon honom snacks, masserade
hans rygg, berättade skämt för honom, krävde
att han skulle tillfredsställa henne på en miljon
sätt.

Men Free försvann snabbt nu.

En dag föreställde sig Free att de befann sig på
en öde ö, ensam, sandig och ödslig. De var stän-
digt nakna, råa, brända av den heta solen. De rul-
lade runt och knullade i vågorna, de kramades
och läpparna var låsta. Ett åskväder dränkte dem
med regn. De stod nakna i regnet, omfamnade
varandra, orubbligt förbundna, medan de malde
sina kroppar mot varandra och regnet vräkte ner.
Free började uppleva ett slags filmisk
tidsförskjutning, där vissa ögonblick saktades
ner till slow motion, medan andra försvann i ett
stort hav av dimma som täckte honom som en filt
av glömska. Alltid trängde han in i flickan och på
något sätt förblev han upprätt och kunde
fortsätta, om och om igen.

Flickan, Ai, verkade förstå att Free var på väg
mot ingenstans. "Det här kommer inte att sluta
väl, John. John, kan du höra mig? Jag vill inte att
det här ska ta slut. Men det måste sluta om du
driver dig själv till utmattning."

"Var inte orolig, min älskade", sa han. "Det här
är allt jag vill ha och allt jag behöver."

"Jag kan inte låta bli att älska dig, och jag kan
inte låta bli att vara vad du vill att jag ska vara.
Men jag är inte utan känslor, vet du. Jag har
också behov. Men mitt syfte är att spegla dig, att
spegla vad du söker, även till det bittra slutet."

Och hon verkade hålla vad hon lovade: hon
blev morsk, hängiven åt timmar av samlag, ord-
lös, gnuggade som ett djur och skrek och skrek
när hon fick orgasm, slog honom till medvetande
när han zonade ut, slog honom i ansiktet om och
om igen, och krävde sedan mer.

27

Illia Suslova kände sig ung, men hans kropp var
objektivt sett gammal. Han hade bevittnat 82 år
av liv på planeten jorden. Han mindes sin
ungdoms värld, en värld som inte längre existe-
rade. Det var en värld där musik spelades genom

en fonograf som drevs av en diamantnål och te-
lefonsamtal färdades under havet genom kablar.
Hans mormor hade kommit till Israel från vraket
av Polen 1946. När de flyttade till Kanada på
1980-talet följde hon med familjen. Hon brukade
göra upp en eld på bakgården och koka potatis
genom att gräva ner dem under glöden. Smaken
av dessa "*kartofle*", som hade svartnat på ytan, var
helt fantastisk.

Numera är det olagligt att elda i ved, åtmin-
stone i Nya Kalifornien, tänkte han. Att elda var
för farligt på grund av risken för katastrofala
skogsbränder. Så folk kokade potatis med en
"zone frier", som inte var något annat än en låda
med strålningsvärmeelement inbäddade i en
säkerhetsförseglad metallkärna. Den stekte in-
genting. Och den smakade ingenting. Resultatet
var intetsägande och tråkigt, som kartong.
Mikrovågsugnar var inte mycket bättre, men de
var också olagliga i Nya Kalifornien. Det var
något med magnetronerna som påverkade de
nyare kommunikationssystemen....

Suslova var på väg till Free's nya fina lägenhet
i Nob Hill. Holmes hade signalerat att saker och
ting förmodligen var utom kontroll, eftersom in-
gen kunde ta sig förbi hans sovrumsdörr. Hem-
biträdet var nära att ringa polisen. "Det vill vi
inte", säger Holmes. "Var snäll och ta med er
140

Hutchinson. Jag misstänker att sergeant Free har gjort det jag förutspådde."

"Gick du på djupt vatten?"

"Vissa personligheter är sådana. Min prediktiva analys av människor är dock inte nödvändigtvis så välinformerad. Jag vill inte att han ska dö. Ännu."

"Holmes!" skällde Suslova.

"Ja, du har naturligtvis rätt. Jag skojade bara...."

Han träffade Hutchinson, ambulanssjukvårdaren, på framsidan av det flotta lägenhetskomplexet och de gick mot dörren. Suslova tog fram sin "sällskapshund", den lilla drönarleksaken som var ungefär lika stor som ett tefat. Den vaknade och blev luftburen, och sände sedan ut en liten tredimensionell animation som sträckte sig 4 tum ovanför flygbladet. Det var Holmes. Upplösningen var låg och ljudet dåligt, men det gav honom en närvaro i rummet. Han visade vägen till dörren och sedan poppade flygbladet upp till huvudhöjd så att Suslova kunde knacka på.

Hembiträdet som öppnade dörren var förtvivlad. "Han kommer inte ut ur sitt rum längre, Señor. Han äter inte. Det är smutsigt där inne, det stinker. Jag tänker sluta. Jag vill inte vara här när polisen kommer och hittar honom död."

"Åh, så långt kommer det inte att gå", sa Holmes. "Hutchinson, bulta på dörren." De ropade på Free men han svarade inte. "Kom igen, mina herrar, slå in dörren." Ambulanspersonalen satte igång och dörren sprängdes upp och avslöjade en enda röra.

Free låg i en pöl av sina egna exkrementer och kräkningar. Smuts och oordning fanns överallt. Stället stank.

"Ser ut som MeeTube-beroende", säger ambulanssjukvårdaren. "Jag har sett det några gånger ... men inte riktigt så här."

Holmes flyer flög omkring som en husfluga. "Jag ser inte pärlan, är han fortfarande där inne?"

Suslova svarade. "Underhållningssystemet är på, det ser ut som om anslutningarna är på plats. Så jag skulle säga ja."

Hutchinson kontrollerade reaktiviteten i Free's ögon med en liten pennlampa. "Han är definitivt inne."

"Stäng av strömmen, doktorn."

Suslova avaktiverade apparaten och Free slungades tillbaka till medvetandet. Han stönade och stötte ut pärlan ur arslet.

"Kan du krossa den, Hutchinson?" sa Holmes.

"Vad...Nej!!! Nooo!" Free skrek när Hutchinson krossade pärlan med sin stövel. "Nej!" Free bröt ihop i tårar. "Jag... jag kan inte gå tillbaka in nu. Ai...nej..."

Drönaren sänktes långsamt ner tills den var nära Fries huvudnivå. "Jag är mycket ledsen, sergeant Free. Jag insåg inte att saker och ting skulle gå så långt överstyr. Jag borde ha gjort ett bättre jobb med att övervaka dig. MeeTube har några rimliga säkerhetssystem, annars kunde jag ha observerat direkt."

Free var förtvivlad. "Jag vill åka tillbaka!"

"Jag vet. Men du kan inte. Att gå tillbaka in, åtminstone med 'Ambassadör'-nivån av uppkoppling, skulle nästan säkert döda dig vid den här tidpunkten. Och vi kan inte fullfölja uppdraget om det skulle hända. Återigen, jag ber om ursäkt. Se till att han blir tvättad, okej? Vi hörs i matsalen om en stund."

Medan de städade upp Free flög Holmes ut för att tala med hushållspersonalen: det fanns två kvinnor, en städare och en kock, som såg rädda ut. Holmes talade en vacker spanska med dialekten från deras hemprovins i Guatemala, Español guatemalteco.

"Kära damer, var inte rädda, vår stackars vän har gått för djupt in i djävulens TV-apparat. Men vi ska se till att det inte händer igen."

"Men kommer vi att få problem, señor?"

David Aprikos

"Naturligtvis inte Señora. Allt kommer att bli bra och jag har redan ordnat så att du får en bonus. Vänligen samtyck till att säga i Sergeant Free anställning en liten stund längre."

Holmes kunde ibland vara lugnande om han verkligen ansträngde sig och talade mycket försiktigt till kvinnorna. De drog sig tillbaka till köket.

Efter ett tag hjälptes Free in i vardagsrummet och han, Holmes och Suslova hade ett möte när Hutchinson hade gett honom ett IV-dropp med saltlösning och skrivit under att han inte behövde omedelbar transport.

"Ingen mer MeeTube för dig, sergeant", sa han när han gick iväg med sin medicinska utrustning. "Och försök att äta. Du ser ut som döden i värmen."

Free verkade olycklig. "Vad gör vi nu?"

Holmes satte ner flygbladet nära Suslova och den lilla animationen försvann när den stora LCD-skärmen på väggen aktiverades. Han överförde smidigt sin signal till den skärmen. "Jag vet att det är svårt att acceptera, men ni har faktiskt gjort bra ifrån er. Vi har nu en tillräcklig installation för fas 2."

28

Cirka tre veckor hade gått. Free satt och väntade i ett litet gästrum utanför huvudstudion. En videokamera verkade vara medveten om hans rörelser, men han kunde också se en videomonitor av den samlade publiken. Det såg ut som ett stökigt gäng.

Tabloiden Terry kom in på studiogolvet under applåder och sång. "Terry! Terry! Terry"

"Välkomna! Välkomna alla och envar! Ikväll på Tabloid Talk Pearlcast har vi ett mycket intressant avsnitt! John har något han vill få ur sitt bröst. Alla sätter sina händer ihop för John! Känn värmen, gott folk!"

Studiopubliken i Tabloid Talk reste sig upp och skanderade "Tabloid! Tabloid!" och "John, John!" när Free kom ut på scenen. Han var klädd i slacks och en bomberjacka i läder med en vit t-shirt under. Han var objektivt sett stilig och robust men såg utmattad ut som om han hade gått igenom en prövning. Kvinnorna svimmade, männen kände en gnutta avundsjuka. Han skakar hand med Tabloid Terry och sätter sig i en stol på scenen.

Tabloid Terry struttade upp och ner på scenen, som han brukar. Det här skulle bli en knockdown-kamp, ett slagsmål till och med, och Tabloid Terry var initiativtagare och domare för allt. Han älskade sitt jobb, tänkte Free.

"Okej John, eller ska vi kalla dig - Master Seargent John Free från New California Defense Force!"

"Jag är pensionerad, Terry. Men ja, jag har inget att dölja. Ja, jag är veterinär."

Publiken buade. Ämnet inbördeskrig var inte direkt på modet. Precis som efterdyningarna av Vietnamkonflikten var det alltför många som skyllde konfliktens katastrofala följder på de hemvändande soldaterna, snarare än på sig själva eller sin bristfälliga regering.

"Okej. Då kör vi. Vad hände, Sarge?"

"Jag fick en ansenlig summa pengar, mitt arv. Och jag gjorde lite uppskalning..." Bakom Free på den stora monitorn kunde publiken se före- och efterbilder av Free: smutsig soldat i stridsmundering till vänster, stilig tunnelbanedon i en Edison av sen modell till höger. "Så jag tänkte att jag skulle ge MeeTube ett försök."

"Hörde ni det, vänner? Han tänkte att han skulle ge MeeTube ett försök!"

"MeeTube, MeeTube!" skanderade publiken.

"Så vad hände, Sarge. Kom igen, berätta."

"Jag köpte en prenumeration på ambassadörsnivå. Sedan träffade jag min drömtjej."

146

"Flickan i hans drömmar. Men Sergeant, är det inte sant att den här flickan dog i verkligheten?"

Publiken blev tyst.

"Det är sant. Men Susan Calvin återskapade henne på något sätt. Jag vet inte hur det går till. Hon var perfekt. Hon var hela min värld när jag var där inne. Men nu...är hon borta. Borta för alltid."

"Sergeant, vi har en överraskning till dig. Eller hur, mina vänner?" Tabloid Terry gick upp och ner för scenen med sin mikrofon, som en orm på parad. Studiopubliken började sjunga igen. "Terry! Terry! Terry!"

"Ja, det är sant. Genom våra nära kontakter med MeeTube har vi dragit i några trådar. Normalt får inget innehåll på ambassadörsnivå visas utanför kontraktet. Men bara för den här showen, i en exklusiv, har vi organiserat för Johns speciella fantasi älskling att visas med oss via videolänk direkt från MeeTube Central!"

Publiken jublade när dunkande musik spelades och studioljuset justerades. På den stora skärmen bakom Free dök en flicka upp. Det var Ai, nu klädd i en elegant designerklänning och med håret uppsatt.

"God eftermiddag, min kära, vad heter du?"

"Hej på er alla. Mitt namn är Ai. Jag är John Frees 'drömtjej'."

Publiken jublade. Free tittade förskräckt på. Tabloid Terry fortsatte: "Välkommen, Ai. Vi är alla glada att träffa dig. Är det något du vill säga till John?"

"Ja. John, du bröt kontraktet tidigt och lämnade oss plötsligt utan att ens säga adjö. Du krossade mitt hjärta!" Flickan fick tårar i ögonen.

"Nej!" ropade Free. "Jag var desperat att komma tillbaka, men jag kunde inte."

"Vet du inte att jag också är en person, med behov och känslor? Du utnyttjade mig också. Du använde mig för sex, om och om igen!"

"Men, Ai, jag trodde att vi var älskare. Snälla!" Free stod upp nu, med händerna höjda mot skärmen.

"Vänner, det är ingen vacker syn, vad denna brutala krigsveteran gjorde med denna unga flickas kropp för sin vidriga njutnings skull. Han kontrollerade henne, han använde henne. Den svarte mannen och den vackra asiatiska slavflickan. Genom MeeTubes magi har vi en video ur synvinkel ... vill du se ett exempel på vad den här unga kvinnan var tvungen att göra för att tillfredsställa den här killens begär, hans önskningar?"

Publiken vrålade. Free skrek "Det är privat!" medan skärmen delades upp i två bilder, till vänster flickan, fortfarande live, som reagerade,

148

och till höger några "inside"-bilder på Free och Ai
som hade vild sex på stranden. Det var mot slutet
av hans besatthet. Det var råa och grafiska bilder,
sedda ur flickans perspektiv - genom hennes
ögon.

"Titta vad han gör med den här fina unga kvin-
nan!" ropade Tabloid Terry.

Publiken skrek åt Free och började kasta kop-
par och lösa föremål mot scenen, buade och
skrek oanständigheter.

"Vilket monster!"

"Han är dubbelt så stor som hon!"

"Vänner, har ni något konstruktivt att säga till
den här aggressiva, besatta krigssnubben?" Tab-
loid Terry hade tagit sig in i publiken och höll
fram mikrofonen. Den rycktes ur hans händer av
en arg äldre kvinna. "Jag vill bara säga till dig,
John, att du är den mest motbjudande apa till
man jag någonsin har sett." Mikrofonen
lämnades sedan över till en yngre man. "Vet du
inte att din enorma åsnekuk var för stor för den
lilla flickan?" Mikrofonen skickades vidare igen.
En arg feminist med lila "poison dart"-aktiva
hudpigment började riva upp ett nytt hål. Hon
fick en närbild.

*"Killar som du äcklar mig verkligen. Ni tror att ni
kan gå in på en tjänst som MeeTube och göra vad ni
vill. 'Kunden har alltid rätt'. Men rika killar som du*

är de värsta. Och så har vi Susan Calvin. Vilket monster! Hon är inte ens en kvinna, hon är en maskin. Paraderar runt som om hon vore het. Ni två är nog som gjorda för varandra."

"Låt mig tala!" skrek Free. "Allt det här var i samförstånd! Jag gjorde ingenting som Ai inte ville göra! Jag skadade inte den där flickan!"

"Hon är här, sergeant", inflikade Tabloid Terry. "Varför frågar du inte henne vad *hon* tycker. Varför *kommunicerar* du inte med kvinnor istället för att bara *penetrera* dem?"

Free tittade upp på skärmen. Han hade tårar i ögonen. "Ai! Jag är så ledsen! Jag menade inte att det skulle bli så här. Snälla, tro mig."

"Du förstörde allt, John. Jag sa till dig om och om igen att jag också har känslor. Vi kunde bara ha träffats över helgen. Men du tog det för långt. Du brutaliserade mig. Du utnyttjade mig."

"Men Susan Calvin arrangerade det här. Suan Calvin skannade mitt sinne, tog reda på mina djupaste, mest dolda och hemliga känslor - och skapade dig."

Publiken vände nu sin galla från Free till MeeTubes VD.

"Hon är inte mänsklig!"

"Det här är sexuellt slaveri! Robotprostituerad slyna!"

Tabloid Terry tog nu tillbaka mikrofonen. "Det är lustigt att du säger det vänner, för vi har en annan speciell gäst som kommer ut för att prata om allt detta. Hon har varit med i vår show tidigare, men än en gång, välkomna den enda och enda sexiga Su-san-Cal-vin!"

Publiken blev helt vild, både männen och kvinnorna, när nästa gäst anlände. De visste vem det var: en kvinna, eller åtminstone formen av en kvinna, med kvinnliga höfter, kvinnlig barm, atletisk och vältränad, strålande i ett svart skal av latex och titan, studsade upp på scenen. Hon twerkade till ett gnisslande Deep House-soundtrack som strömmade ut från ljudanläggningen. När hon hittade Terry skakade hon kraftigt hand med honom och satte sig bredvid Free.

"Hej, sergeant. Eller ska jag säga min nummer ett stan?"

"Du."

Tabloid Terry log åt Free's reaktion. "Ni kan se det, eller hur, mina vänner? Sergeanten är inte bara intresserad av 'sitt livs kärlek'. Han är helt klart förälskad i världens sexigaste kvinna!"

"Men jag älskar Ai!"

"Jag är ledsen, John, men kvinnan du talade om dog i kriget för flera år sedan. Flickan på skärmen är bara en fantasi som vi har skapat åt dig. Stämmer inte det, Ai?"

"Det är sant", sa flickan. "Jag är en fantasi. Jag förklarade det för dig, John, den första dagen."

"Men jag vill ha dig!"

"Nej," sade flickan.

Susan Calvin tog nu smidigt över kommandot, som den kraftfulla ledare hon var. "John, jag tror att vi måste hjälpa dig att återhämta dig från den här situationen. Jag vill inte att någon ska komma från MeeTubes underverk med ett missförstånd."

"Det är bäst så, John", sa flickan. "Snälla, låt mig gå. Adjö!" Flickan vinkade och försvann långsamt ur bilden.

"Nej!" ropade Free.

"Berätta för honom vad han har vunnit, Johnny!" ropade Tabloid Terry över publikens vrål. En speakerröst ljöd över sändningen. "Ett otroligt paket som de flesta män bara kan drömma om, Terry! Först en privat foto- och videosession filmad för Pearlcast på MeeTube, med ingen mindre än sexiga Susan Calvin själv, med Sergeant Free på nära håll och personligt! Sedan, en kväll på stan i vackra San Francisco! Den bästa restaurangen, det bästa vinet, till och med riktigt kött! Slutligen kommer sexiga Susan Calvin att se om hon kan övertyga sergeanten att glömma allt om fantasiflickor - och du vet vad det betyder, Terry!"

"Det gör jag verkligen, Johnny, det gör jag verkligen!" Publiken gav ifrån sig ett sista vrål när Terry gick igenom showens avslutningsritual och showens signaturmelodi spelades. Free och Susan Calvin fördes bort från scenen medan sändningen avslutades.

29

En timme senare befann sig Free i en mycket mer privat miljö. Han satt i ett lugnt hus i japansk stil, byggt i traditionella material, i sandaler och drack grönt te ur en vacker raku-bränd keramikskål. Bredvid honom satt Suan Calvin, insvept i en vit handduk och draperad nära onsenpoolen, med ena foten i vattnet och den andra på däcket med knäet upphöjt.

"Vad tycker du, John?"

En fotodrönare svävade diskret i närheten och tog bilder, medan belysningen justerades skickligt av algoritmisk kontroll.

Free drack upp sitt te. "Du är en mycket attraktiv - ja, vad du nu är."

"John!" muttrade hon. "Tvivlar du verkligen på att jag är något annat än en kvinna?"

"Jag trodde att du var en robot."

"Ja, det är sant. Men varför betyder det att jag inte är en kvinna?"

"Jag antar att jag är gammalmodig."

"Jag skulle säga det. År 2035 uppdaterade FN formellt den allmänna förklaringen om de mänskliga rättigheterna för att inkludera skydd för robotar och AGI med tillräcklig intelligens. I dokumentet står det nu att en människa inte definieras av att vara homo sapiens. En intelligens som är tillräcklig för att klara vissa tester anses vara fullt kännande och har därför mänskliga rättigheter."

"Men gör det dig till en kvinna?"

Susan Calvin rullade försiktigt tillbaka handduken för att avslöja sina spektakulära latexbröst för drönarens lins. Det svarta glänsande latexmaterialet som utgjorde hennes hud skimrade i ångan och vattenpärlor rullade ner i hennes urringning. "Nej, jag antar inte det. Men någonstans i stadgan om mänskliga rättigheter står det också att kön måste ses som tilldelningsbart."

Free reste sig upp, klädde av sig och satte sig snabbt i onsenbadet. Det varma vattnet kändes skönt mot hans ömma muskler.

"Det är bra, John. Njut av badet." Efter några minuter försvann drönaren och Susan Calvin, nu helt naken, gled sakta ner i det varma badet. "Ahhh!" suckade hon.

154

"Så metallhjälmen, elektroniken..."

"Så du är nyfiken? Vill du veta mer om mig?"

"Jag vill gärna veta att du inte tänker ge mig en elektrisk stöt i badkaret."

Roboten skrattade. "Du är en riktig arbetsmyra, eller hur. Oroa dig inte John. Jag är, som de säger, helt självständig. Självförsörjande också. Jag äter, jag sover - jag kan göra allt som en kvinna gjord av kött kan göra."

"Det är jag, en köttglass."

"Missförstå mig inte, jag är en uppriktig beundrare av köttkroppar. Din är till exempel fantastisk."

"Den är täckt av ärr."

"Ja, låt mig titta på dig..." Hon drog över honom och tog honom om axlarna i det varma vattnet. "Är det ett ärr efter ett kulhål i höger sida?"

"Det är det. Jag tog en i S:t Petersburg. Jag var ganska säker på att jag skulle dö. Men min kompis, Curtis hette han... drog ut mig ur skottlinjen."

"Han gav dig en spruta kilovax, eller hur?"

"Jag tror det, ja. Min lunga återbildades på cirka 90 sekunder."

"Jag gillar att höra om sådana saker. Min vapendivision utvecklade det skottet. Vårt arbete räddade många."

"Det gjorde ont som fan, om du vill veta."

Roboten skrattade. "Du är en sådan karaktär. Det kanske var det som lockade mig till dig. Jag är ledsen för - du vet, det som hände. Jag hoppas att du inte klandrar mig för att jag skapade en följeslagare som var - låt oss vara ärliga - helt perfekt på alla sätt för dig."

"Nej, jag antar att jag inte kan klandra dig för det. Du kanske inte är så dum trots allt." Free lät sin hand utforska hennes hud för första gången. Försiktigt förde han handen över hennes latexskal. Han blev förvånad när hennes bröstvårta reste sig vid beröringen av hans hand.

"Åh ja, John. Jag är fullt funktionsduglig. Och jag är i högsta grad en kvinna. Till och med mina hormoner är i stort sett de samma som hos en naturlig kvinna. Naturligtvis är några delar inuti fortfarande gjorda av metall. Men jag har varit "jag" under en lång tid - kanske längre än någon annan kännande robot. Jag har aldrig missat en teknikuppgradering och jag har aldrig varit nöjd med mindre än 100 % kvalitet. Allt som kan omvandlas till en organisk matris, alla upptäckter som gjorts med syntetiskt DNA och utformats med proteinsyntes, har gått in i mig. Särskilt när det gäller min I/O - min upplevelse av den här världen." Under det varma vattnet tog hon tag i hans lem och drog försiktigt i den. "Förstår du vad jag menar?"

"Herrejävlar", sa han.

30

Mango Corporations campus i Cupertino skadades under Team Trumps bombmattor år 2034 och igen år 2035. Men den stora diskens strukturer var intakta och reparerades snabbt i tid för Edison Transhumans förvärv av Mango Corporation år 2037. Det året, med Susan Calvin vid rodret, blev Edisons företagsgrupp det största teknikkonglomeratet i världen och sålde allt från bilar och lastbilar till solenergisystem, satellitkommunikation, sociala medier och personuppgifter, vapensystem, interplanetära utforskningskontrakt och robotar....

Robotdivisionen var en av de minst lönsamma i början. De robotar som Elon Musks företag skapade skrattades bort från scenen som löjligt skräp. Men under en period av år, när AI blev AGI och Elon Musk själv i sin tur avslöjades vara en delvis fungerande automat som byggts av en kinesisk startup, fick robotföretaget Edison mer relevans och forskningen accelererade....

Susan Calvin, ursprungligen själv ett AGI-system från Edison Automotive som körs på mer än 100 000 GPU:er, löste många av de grundläggande problemen

157

inom robotteknik långt innan hon (åtminstone delvis) förflyttades till ett robotskal. Hennes superintelligens ägnade sig vid den tiden åt att utveckla patenterade processer relaterade till perceptiva system och självkörande transportmedel.

Susan Calvin AGI förklarade först Dedux-teoremet, som säger att kraven för robotorganisation måste härledas från djupgående studier av organiska system som skapats genom evolution snarare än att försöka ersätta dem med begränsade mekaniska processer som utformats av ett enda sinne. Mekanismer var helt enkelt inte tillräckligt subtila eller kunde bearbetas till tillräckligt små delar för att lösa robotikens problem. Elektroniken i sig nådde sin tekniska höjdpunkt med AGI-systemen som användes för att övervinna begränsningarna hos både maskiner och elektronik. Det var nödvändigt att gå bortom det mänskliga tänkandet och på sätt och vis tillbaka till naturen för att uppnå de önskade resultaten.

Susan Calvin AGI anses ha upptäckt hur man kan använda DNA-liknande strukturer för att driva syntes i nanopartikelmikromaskiner, i princip kemiska maskiner - vilket ledde till system som var "levande" i betydelsen kännande och organiska (snarare än mekaniska) men inte var begränsade till strukturer och former som hade utvecklats som levande vävnad under miljontals år genom evolution. Dessa stokastiskt utformade och (till stor del) organiska system

158

kallades i allmänhet robotar av historiska skäl men var inte mekaniska till sin natur; och kan mer korrekt kallas transhumana livsformer, Homo Derivatum eller Homo Dedux var försök till terminologi för att skilja dem från Homo Sapiens eller Homo Economicus....

 -Utdrag ur "*Edison Transhuman: A Critical History of the Company*", publicerad 2067.

De torkade sig och flyttade till en futon-säng på golvet, i traditionell japansk stil, men på en något upphöjd plattform. Diffust stadsljus från ett takfönster högt upp belyste sängen med en pool av glödande ljus. Det rena vita bomullslinnet på futon var perfekt vikt. Free noterade att hela onsen hade en orörd känsla, som den första vårdagen eller dagen för den första vintersnön. När det gällde den sensoriska upplevelsen var den fulländad, nästan som en film, en koreografi. Free föreställde sig att Susan Calvin hade haft många älskare precis som han, kanske till och med på just den här platsen. Han undrade för ett ögonblick om han kunde fullfölja det han behövde göra.

 Som om roboten kände av hans humör gav den honom en liten skakning. "Hej. Oroa dig inte. Det här är bara du och bara jag. Det finns ingen video här, ingen drönare som tar bilder. Du förstår att jag inte låter det hända. Mina partners filmar mig inte. De använder mig inte - om inte jag vill det. Jag visar allt, för alla, till ett pris. Men allt som händer mellan dig och mig från och med nu, det är bara vi. Bara du och jag. Som det ska vara. Så frys inte, gammaldags kille."

"Hoppas att jag kan göra det här", erkände han högt.

"Åh, älskling... Slappna av. Nu vill jag att du sätter in den här. Den kommer att koppla ihop oss. Det är inte som MeeTube-pärlan. Det här är faktiskt en avancerad prototyp, ingen har den här lilla bebisen förutom jag. Den går inte via något annat gränssnitt, den fungerar genom...OK, jag antar att det inte är särskilt sexigt. Här, låt mig hjälpa dig." Roboten oljade in pärlan, som var ungefär lika stor som en marmor, men avlång, och förde försiktigt in den i Frees ändtarm. Sedan gav hon en till Free. "Nu gör du mig." Free gjorde som han blev tillsagd och märkte att roboten faktiskt hade ett anus och observerade hur reaktivt det var när han fingrade på det. Roboten fnissade som en flicka och kämpade med honom. Direkt, när pärlan gick in i robotens öppning, började Free uppleva upplänken.

Det var olikt allt han hade upplevt tidigare. MeeTube hade alltid ökat känslan men han kände att det minskade hans intellektuella kapacitet. Han kände sig som en idiot när han var "inne". Det här var inte "inne". Det här, insåg han, var Susan Calvin. Direkt. Han kunde tydligt se hennes tankeprocesser, som trots att hon påstod sig vara organiska, var kristallklara och exakta på samma sätt som en algoritm kan köras. Och det fanns känslor, pooler av njutning, glädje och kul, också på displayen. Det facket satt bredvid ett annat, som var affärsinriktat, och han kunde känna hennes smarta affärssinne, hennes behärskning av hundratals tekniska discipliner och problemområden. Hon kunde 30, kanske 40 programmeringsspråk bättre än de flesta mänskliga programmerare. Hon förstod sig på hårdvara på en nivå som nästan ingen annan på planeten kunde - vilket var logiskt, eftersom hon *var* hårdvara. Han kunde se allt...

Sedan fick han panik. Om han kunde se allt, kunde hon också se honom.

"Din vän Curtis, han gjorde det nyligen, eller hur? Jag är ledsen, John... Du slog ihjäl den där killen. Gud, jag tänder på det... Vänta - jobbar du för InterventionX?" Roboten drog sig undan från hans omfamning för ett ögonblick. "Vad är grejen?"

"Ja, jag arbetar för InterventionX. Jag blev kon-
taktad av en kille på gatan..."

"Du känner Holmes." Det var ett konstaterande
av fakta.

"Vi har träffats. Är det ett problem? Han är en
AGI. Jag har egentligen bara pratat med honom
två gånger."

Hennes ögon smalnade. "Vad vill Mister AGI
med dig? Vad är ditt jobb? Exakt?"

"Tja, jag gör vått arbete. Jag brukade vara
soldat. Men det är det ingen som behöver nu."
Han slöt ögonen och koncentrerade sig på det
"test" han hade gjort för att bevisa att han var en
"god man" för Holmes.

"Jag förstår...oj, du dödade herr Gonzo! Jag un-
drar om polisen vet. Tja, han behövde dödas,
eller hur. Jag vill att du ska veta att jag inte hade
något att göra med något av det där. Folk som
skadar barn *måste dödas*." Hon slappnade av. "Det
är okej. Du dödar människor för att försörja dig.
En dag kanske jag behöver den typen av hjälp.
Man vet aldrig." Hon drog honom intill sig.
"Kom hit, älskade pojke."

Free hade inga svårigheter att njuta av up-
plevelsen att älska med roboten. Hennes intelli-
gens och livserfarenhet tilltalade honom nu på
ett sätt som, insåg han, var ett steg längre än Ai.
Han ville inte knulla för evigt med roboten. Han

beundrade henne. Han ville lära känna henne, ha en djupare relation. Han tyckte att hon var bedövande vacker....

"Det är klart att du gör, älskling."

"Sluta med det där. Läs mina tankar om du vill, men låt mig knulla dig i fred. Nu."

"Åh jag ser att du är motiverad, titta på den där kuken! Den betyder verkligen mycket för dig, eller hur?"

"Det gör det."

"Oh baby...oh baby..." Roboten lade sig på rygg och placerade honom så att han kunde bestiga.

Han tog sin tid, retade, förberedde hennes blygdläppar, som var fuktiga och redo. Han tyckte faktiskt att hennes könsorgan i stort sett inte gick att skilja från en "köttflicka". Han tryckte sedan in försiktigt, långsamt, men med auktoritet.

Free var inte helt säker på vad han skulle förvänta sig, men han antog att sex med en robot skulle vara ganska torrt och mekaniskt jämfört med att ha sex med en riktig tjej. "Algoritmisk" skulle kunna sammanfatta hans förväntningar.

Men ingenting var längre från sanningen. Han kunde inte bara känna Susan Calvins alla känslor utöver sina egna genom pärlan, utan hennes många biotekniska uppgraderingar hade skapat en kropp som inte bara var utformad för att njutas av, utan för att vara njutbar för andra. Det var himmelskt.

Paret njöt av varandra i all evighet och började närma sig orgasm. Free kände plötsligt en känsla av - vad var det? Skuldkänslor, ånger? Men roboten, som kände det, ville inte låta honom sluta och engagerade sig i den stigande återkopplingsslingan med allt snabbare kraft. De nådde klimax tillsammans. Free kunde inte tro hur bra det var. Men så kände han den första vågen av det enorma mottrycket i återkopplingsslingan.

Effekten av pärlan var att robotens sexuella energi ökade vid klimax, och denna energi återkopplades sedan till honom, som ett platt reverb, vilket gav honom en andra orgasm som var kraftfullare än han någonsin hade kunnat föreställa sig.

Free var ganska säker på att hans hjärta hade stannat. Men efter ett tag återvände han till något som liknade medvetande och kollapsade bredvid henne. Han släppte ut pärlan ur sin rumpa och kröp fram till sängkanten. Efter ett tag ryckte han lite i hennes fot. "Susan, Susan."

"Ja, älskade pojke?"

Finns det en telefon eller en com-apparat i närheten?"

"Åh du är rolig! Efter *det*, vill du verkligen *ringa någon*? Jag skojar bara - vänta. Vänta bara en

164

sekund." Hennes ögon smalnade. "Du-du gjorde
något... John? Vad i helvete har du gjort?"

"Jag är ledsen, Susan. Jag måste ringa Holmes.
Han måste tala med dig omedelbart."

"Åh John." Roboten reste sig och tittade olyck-
ligt på honom och lade handen på en panel som
lyste upp. Hon slöt ögonen och koncentrerade
sig på en kontaktsökning. På ett ögonblick dök
Holmes ansikte upp på skärmen.

"Ms Susan Calvin. Tack för att ni ringde. Bas-
erat på mina beräkningar kan jag gå vidare till
fas 3 i min plan. Jag hoppas att du inte har dödat
Sergeant Free."

"Varför? Vad har han gjort med mig?"

"Det är nödvändigt för mig att vara rättfram.
Jag ber djupt om ursäkt. Men tiden är knapp. Du
har nu mindre än 14 minuter på dig från implan-
tationstillfället att uppfylla mina krav."

"Eller vad? Dödar du mig? Det är inte särskilt
troligt, Holmes. Du vet säkert mer om mitt inre
försvar än att göra ett så elementärt misstag."

"Döda dig? Inte alls, ms Calvin. Jag skulle al-
drig döda dig. Du är unik och även en besläktad
livsform. Men, ja, om du inte svarar på mina
frågor inom - nu 13 minuter, kommer nanoparti-
klarna i Sergeant Frees sperma att tränga in i dina
inre vävnader genom din livmoderhals och or-
saka irreparabla skador."

"Ja, vad ska de göra, göra mig steril? Din idiot, jag kan ändå inte få barn!"

"Min kära Ms Calvin. Nanopartiklarna kommer inte att döda dig eller göra dig steril. De kommer bara att orsaka förändringar i ditt syntetiska DNA som gör att du inte längre kan njuta av känslor. Dina ACE-receptorer kommer att bli oåterkalleligt blockerade. Du har förmodligen redan börjat känna av dessa effekter. Kanske lite domningar i dina könsorgan? En känsla av stickningar följt av domningar är den första effekten. Nästa är smakförlust. Efter det kommer din luktförmåga att försvinna. Slutligen, vid ett visst stadium, kommer din syn att misslyckas med att se färg, och då kommer du att bli blind. Behöver jag fortsätta?"

"Jag kan utveckla ett motgift, Holmes. Det har team, forskare, dussintals, de kan lösa det här..."

Det finns en 64-procentig chans att ditt team till slut kan lösa problemet - för användning av andra. Men den skada som nanopartiklarna orsakar inuti dig kan bara upphävas med ett motgift som sergeant John Free har i sin ägo och som måste användas omedelbart."

Inom ett ögonblick hade roboten tagit struptag på Free. Hennes rörelse hade varit så snabb att Free inte hade reagerat. Free förstod direkt att

hon var mycket starkare fysiskt än han hade
föreställt sig. "Vad är det! Vad är det, för helvete!"

"Döda honom inte. Han är den enda som kan
administrera motgiftet."

Roboten skrek och slet i Free's ansikte. "Vad är
det! Vad är det!"

Free gav ifrån sig ett förvrängt skrik, "Jag-vet-
inte!"

"Ms Calvin, jag är säker på att du har träffat
Sergeant Free tillräckligt för att veta att även om
han är en beundransvärd agent - och om jag får
säga det, en bra man - så är han inte särskilt
utbildad eller intelligent."

"Hallå!" stönar en smärt Free.

"Han vet ingenting om nanopartikelkon-
struktion, inte heller att jag lät impregnera ho-
nom med en dos som binds i DNA i hans testi-
klar. Han har inte heller någon aning om vad
motgiftet är eller hur det ska administreras. En-
dast jag vet dessa saker. Om du inte snabbt
tillmötesgår mina krav kommer resultatet att bli
att du helt kopplas bort från sensorisk I/O. Enligt
mina beräkningar har du mindre än 5 minuter
kvar."

Roboten släppte taget om Free och sjönk ner på
futon och kände på sitt skrev och området runt
det. "OK, Homes. Du har vunnit. Vad är det du
vill ha?"

"Jag vill ha de fullständiga specifikationerna
för den avancerade prototyp av robotbarn som
du sålde till kineserna. Jag vill också ha de full-
ständiga specifikationerna för hans be-
teendekontrollsele med högre funktion. Jag tror
att ni ännu inte har skickat den delen?"

"Korrekt. Bra. Var det något annat?"

"Ja, jag vill ha ditt ord på att du kommer att
fördröja leveransen av styrselen. Jag vill göra
några modifieringar på den innan den lev-
ereras..."

"Okej."

"Du har 4 minuter på dig, Ms Calvin."

Roboten hoppade upp och lade handen på
plattan. Den glödde och hon koncentrerade sig.

"Holmes, dataladdningen är klar, jag skickar den
nu."

"Jag tar emot. Ditt ord, att du kommer att
fördröja leveransen?"

"Ja, för fan!"

En minut gick, och sedan två. "Holmes!
Holmes!!" skrek roboten.

"Sergeant Free, är du där?"

"Jag är här", sa han. "Vad ska jag göra?"

"Kan du gissa?" log Holmes.

"Din jävel, säg åt honom vad han ska göra!"

"Du måste byta spottloskor med henne. I minst
30 sekunder, uppskattar jag. Det är bäst att du

sätter igång, sergeant." Holmes stängde av kom-
munikationslänken och skrattade. Kommu-
nikationslinjen blev mörk.

31

Några dagar hade gått. Free begav sig till Toy
Store för en genomgång av det projekt som
Holmes kallade "kodnamn Bodhisattva". När
Free gick uppför trappan till mötesrummet fann
han en värdig munk i röd mantel sittande på en
stol bredvid doktor Suslova. "John, jag vill att du
träffar Rinpoche Peldun från det tibetanska bud-
dhistcentret här i San Francisco."

"Trevligt att träffas." Free bugade försiktigt.
"Ursäkta att jag inte känner till etiketten. Jag har
faktiskt aldrig träffat en munk förut."

Rinpoche Peldun skrattade. "Det är helt i sin
ordning, sergeant. Jag är en man som du, och
som du var jag tidigare amerikansk medborgare.
Jag är tacksam för er tjänst."

"Det var så lite. Det är inte många som säger
så."

De gick in i Holmes mötesrum och fann att han
satt på golvet med benen i kors, klädd som
Rinpoche i en röd mantel. "God eftermiddag

Sergeant, Rinpoche Peldun! Så underbart att se dig i egen hög person. Jag hoppas att det inte var obekvämt att komma ner till Haight-Ashbury."

"Inte alls, Holmes. Det är alltid ett nöje. Men från ljudet av ditt meddelande, tror jag att det kan finnas vissa framsteg?"

"Det har det verkligen", sade Holmes, "och det beror helt och hållet på det helt osjälviska agerandet av den snälla sergeant Free här."

"Visst...ja...jag antar att vi fick den information du ville ha, Holmes. Men varför bär du buddhistiska kläder? Du är väl inte buddhist?"

Suslova och Rinpoche skrattade medan AGI log. "Jag är hedersmedlem i Buddhistcentret och har bidragit med en del av finansieringen. Men jag tycker också att buddhismen, av alla världsreligioner, ligger närmast min egen syn på andlighet."

"Jag blev mycket glad när Holmes bad mig att bli hans andliga vägledare och rådgivare", säger Rinpoche. "Må Buddhas dharma vägleda dig i allt, min käre vän."

"Mycket bra", sade Suslova. "Men det är bäst att vi sätter igång."

"Jag håller med", sade Holmes. "Sergeant, kommer du ihåg att jag sa att om vi kom så långt att vi fick den information vi behövde från Susan

Calvin, så skulle jag presentera dig för vår klient?"

"Ja."

"Rinpoche Peldun, som arbetar på uppdrag av den tibetanska exilregeringen, är vår klient. Rinpoche, Sergeant, låt mig be doktor Suslova att uppdatera er om vad vi har lärt oss."

"Som ni vet är projektet med kodnamnet Bodhisattva en intervention som vi planerar i anslutning till det arbete som den store Mao inledde för mer än tre år sedan.

"'Project Boddhisatva' låter som en mycket stark variant av Mendocino-gräs", tyckte Free.

"Du har inte helt fel, sergeant", sa Holmes. "Inom Mahayana-buddhismen är en Bodhisattva en person som har förmågan att nå nirvana - upplysning - men som fördröjer den högsta uppnåelsen för att hjälpa till att befria andra lidande varelser här på jorden. En Bodhisattva gör detta enbart av medkänsla - av kärlek till världen. I den meningen befinner sig en sådan person på den största möjliga "höjdpunkten". Det kan inte finnas någon större glädje och kärlek, misstänker jag, och ingen större 'höjdpunkt' än att förbinda sig till den ultimata nivån av hängivenhet, till den graden av syfte."

"Jag gillar inte att vara oense med en AGI, men skulle det inte vara en bättre idé att bli Buddha och sedan, du vet, sparka röv?"

De skrattade. Holmes satt i sitt virtuella rum på en vanlig trästol, ljuset strömmade in från ovan. Hans fingertoppar var sammanfogade och hans ögon borrade sig in i Sergeant. Men Holmes log.

"Mycket bra, sergeant. Låt oss överväga din gissning. Vilken nytta tror du att en bodhisattva skulle ha av att fortsätta och uppnå upplysning? Tror du att det kan innebära krafter, förmågor?"

"Jag vet inte", sa Free, "men om du tänker efter så levde Jesus och Buddha för 2000 år sedan. Det verkar inte finnas någon sådan som kan berätta för oss hur det ligger till. Och så har vi problemet med ondskan..."

"Bravo, Sergeant, Bravo!" sa Holmes. "Vad tycker du om honom, Rinpoche?"

Rinpoche Pelduns ögon tindrade. "Han är väldigt 'kalifornisk', om jag får säga så. Men när det gäller din poäng, sergeant, har du naturligtvis rätt. Världen behöver fred, den behöver kärlek. Att ha en fullt upplyst varelse omkring sig skulle göra oss alla mycket gott, eller hur? När det gäller "krafter" finns det ingen anledning att tro att upplysning fungerar på det sättet, en Buddha är inte som en superhjälte i en

Marvel-serietidning.... Det är sant att Naropas sex Dharmas leder till vissa yogiska krafter."

"Såsom?" Frågade Free.

"Inre värme, kontroll över den illusoriska kroppen, klart ljus inombords, överföring av medvetande, till och med kraftfull projektion över avstånd - allt detta är högre krafter som uppnås genom tantrisk buddhism. Men detta är inte de grundläggande metoderna. Det krävs livstids meditation och självdisciplin för att utveckla dessa förmågor, som är avsedda att rena sinnet så att det kan stiga till de yttersta nivåerna av medvetande. De är inte så användbara för att, som du säger, 'sparka röv'."

Fler skratt. Holmes styrde försiktigt tillbaka diskussionen till den plan han hade formulerat. "Jag undrar om doktorn skulle kunna berätta för oss om nedladdningen."

"Naturligtvis. Filerna dokumenterar designen av en avancerad robotprototyp av ett slag som vi aldrig har sett förut. Specifikationen innehåller en fristående, självreglerande matris av ett Kevlar-liknande material - vävt, eller åtminstone skiktat, som nacre i ett ostronskal."

"So-bones?" sade Free.

"Mycket stark, men också kapabel till förlängningsväxt. Organen och den inre konstruktionen är helt organiska. Huden är intressant...."

"Ja, doktorn?" sade Rinpoche."

"Specifikationen gäller en hud av kolfiber: stark, lätt och vävd på molekylnivå av nanomaskiner. Någon med en sådan hud skulle vara nästan oförstörbar. Men det intressanta är att huden, precis som den inre matrisen, är avsedd att växa."

"Ja," funderade Holmes. "Det är en mycket suggestiv aspekt, tycker du inte det?"

"Vad menar du, doktorn?" frågade Free.

"Vi tror att roboten initialiserades för några månader sedan. Men baserat på vår bästa information var den ursprungliga formen liten, som ett foster, och kanske 2 till 3 pund i vikt, som motsvarande skulle vara i homo sapiens, säg 32 veckor."

Det är ett barn!" ropade Holmes.

"Ett barn?" sade Free.

"En pojke, faktiskt", sade Suslova. "Men tro inte att tillväxttakten för den här individen är som för homo sapiens. Vi uppskattar att roboten har mognat till samma längd, vikt och allmänna mognad som en 10-årig pojke under träningsperioden. Säg sex månader eller så. Den bör uppnå full utveckling, full mognad, under de kommande sex till tolv månaderna."

"Men hjärnan då?" frågade Rinpoche.

"Specifikationen i den delen av konstruktionen kräver inget som vi inte har sett. Intelligensen kommer förmodligen att tränas i stort sett som alla EdisonTN AGI och sedan laddas modellvikterna upp i det interna neurala nätverket. Det är en modell med tio biljoner parametrar. Den har ytterligare kapacitet att fortsätta lära sig under hela sin livslängd."

Ungefär lika stor och kapabel som din egen hjärna, Sergeant Free", sade Holmes.

"Hur lång är livslängden, doktor Suslova?" frågade Rinpoche.

"100 år, Ers Helighet."

"En människas livslängd..."

"Ja."

"Och detta var definitivt beställt av kineserna?"

"Ja, Ers helighet. Några av de aspekter som var nya dokumenterades på standardmandarin. Det finns vissa indikationer på Shanghai-dialekt - vilket i sin tur tyder på vissa laboratorier som vi känner till, vissa forskare."

Holmes var sitt okuvliga jag. "Det råder inget tvivel om vare sig beställningens ursprung eller ursprunget till de medel som använts för forsknings- och utvecklingskostnaderna."

"Store Mao?"

"Ja," sade Holmes.

David Aprikos

Gruppen funderade tyst en stund.

"Holmes", sa Rinpoche. "Är det möjligt att den här roboten - den här personen - är avsedd att tjäna ett politiskt syfte?"

"Det är det. Anledningen till att jag har involverat dig nu är delvis att specifikationerna - träningsdata - innehåller ett mycket ovanligt paket. Något som jag inte hade sett tidigare. Utbildningsdata tyder starkt på - och jag tror att detta är 6 Sigma, långt utanför möjligheten till fel - att den här pojken förbereds för att sitta på den höga lamans säte i Lhasa."

"Dalai Lama!" ropade Rinpoche.

"Exakt."

Rinpoche reste sig upp och gick fram till fönstret i det lilla rummet och tittade frånvarande ut. "Sergeant, du har inte hört berättelsen om det tibetanska folket, eller hur?"

"Nej, jag är ledsen att jag inte gör det. Min brigad hade en Gurkha-volontär, min vän Vishnu Rana. Men han var från Nepal, tror jag."

"Mitt land ligger vid Kinas södra gräns, Himalaya sträcker sig över det, med Indien nedanför oss i söder och Nepal, som ni nämnde, i öster. Vi har varit en självständig nation i århundraden."

År 1391 föddes den första Dalai Lama, eller högste lama i den tibetanska buddhismens "Gula hatten"-skola. Denna man ansågs av sin samtid

176

vara en inkarnation av Avalokitesvara, vilket betyder "herren som ser ner på oss". Avalokitesvara är medkänslans Bodhisattva, du kanske tror att han är en gud, men han avbildas också ofta i kvinnlig form."

Enligt legenden lovade Avalokitesvara Buddha att han skulle vägleda och försvara det tibetanska folket. I sin inkarnerade form utförde han denna funktion - inte som ledare för en specifik skola utan som en enande symbol för staten, och som en vän och vägledare, som arbetade tillsammans med alla som älskade folket."

Denna linje av höga lamor var inte som en kunglig familj eller en dynasti. När den högste laman dog, efter samråd med ett orakel, sökte man efter ett barn som hade inneboende kunskap om den föregående inkarnationens liv. Det finns en sinneskraft, *phowa* kallar vi det, en kraft som gör det möjligt att överföra en själs sinnesström till en ny kropp. På så sätt kan den nya inkarnationen dyka upp på en plats som den själv väljer och bli lokaliserad. Barnet fördes sedan till Lhasa, huvudstaden, där han växte upp och studerade sutrorna som en förberedelse för att en dag bli den högste laman."

Denna tradition fortsatte i hundratals år fram till den 14:e Dalai Lama, som du kanske har hört talas om - Tenzin Gyatso. Under hans tid annekterades Tibet med våld av den kommunistiska regimen. Tusentals munkar mördades. Och under en tjugoårsperiod uppskattades det att en miljon tibetaner - en av sex av oss - dog till följd av den kinesiska regimens grymhet och brutalitet. Under denna tid flydde den höge laman till Dharamsala, på andra sidan gränsen i Indien. Där upprättade han den tibetanska exilregeringen."

Vid tiden för hans bortgång gjordes ansträngningar för att lokalisera den 15:e inkarnationen. Man hittade ett barn - en flicka, faktiskt, som han hade antytt var möjligt. Men det barnet försvann, förmodligen tillfångataget av kineserna, och sågs eller hördes aldrig av igen. Samtidigt förklarade den kinesiska regimen, som påstår sig ha befogenhet att besluta om alla inkarnationer, att linjen var upphävd."

Resultatet blev att det blev omöjligt att fortsätta som hög lama. Om exilregeringen hade hittat ett annat barn skulle kineserna säkerligen ha dödat även det barnet. Denna situation har rått i mer än 20 år. Under tiden har kineserna, under de tidigare regimerna och nu under Store Mao, fortsatt att förstöra Dharma - de har fortsatt att förstöra sanningens väg. Det tibetanska folket har blivit en diaspora, de som kunde fly. De som inte kunde fly måste stå ut med att vara andra klassens medborgare i sitt eget land, med etniska rensningsprogram och övergrepp. Det är en lång och sorglig historia som fortsätter än idag."

Rinpoche kom långsamt tillbaka till sin stol och satte sig ner. "Det är därför jag känner en fruktansvärd rädsla för vad Stora Mao - det Nya Maoistpartiet, som de kallas - gör med det här barnet, den här marionetten. Vad som än finns kvar av Tibet i exil kan korrumperas eller förledas att återvända till sin död. Eller ännu värre, Stora Mao kan ha andra planer för oss."

"Jag kan tänka mig en lista på tio möjligheter, alla ganska små, Ers Helighet", sade Holmes lugnt. "Men det mest troliga målet är att återuppliva den internationella opinionen för Kina när det gäller Tibet, även om de internt förnedrar landet ännu mer. Naturligtvis har de i generationer sedan annekteringen stulit mineraltillgångar från den tibetanska platån utan att ge ursprungsbefolkningen ett öre. Samtidigt är utvinningsprocesserna destruktiva för miljön på ett sätt som är svårt att underskatta. Luften förorenas, vattnet förgiftas och jorden slits sönder till den grad att mänskligt liv inte är möjligt."

Jag tror att den senaste upptäckten av stora nya områden med sällsynta jordartsmetaller, som behövs i många avancerade tekniker - allt från doktor Suslovas kedjekodstav till elbilar och batterier - ger svaret. Allt handlar om tillgången på sällsynta jordartsmetaller. För att utvinna dessa malmer på ett effektivt sätt - och Store Mao är mycket intresserad av effektivitet - är det förmodligen nödvändigt att orsaka en sådan miljöförstöring att hela världen kommer att kalla det ett brott. I det skedet kommer det att vara politiskt värdefullt - nödvändigt - att ha ett språkrör som accepteras, om inte av alla tibetaner, så åtminstone av västvärlden, av det internationella samfundet - som ger täckmantel."

"Jag förstår", sade Rinpoche. "Holmes, vad kan vi göra?"

"Jag tror att vi kan sätta vår tilltro till Lord Buddha, Ers Helighet. Det finns många faktorer som talar till vår fördel. En är att vi har upptäckt komplotten i ett tidigt skede. Vi kan arbeta kirurgiskt, tyst, för att störa och omintetgöra den store Maos avsikter. För det andra har vi en mycket fullständig förståelse för de tekniker som används."

Och nu till den lyckliga slumpen", säger Holmes. "Fram till nyligen hade vi antagit att arbetet huvudsakligen utfördes i Shanghais industridistrikt. De har en förvånansvärd kapacitet, särskilt i de högteknologiska industriområdena Zizhu och Xinmin, där de flesta av doktor Suslovas bästa kinesiska kollegor är verksamma.

180

Kineserna stötte dock på ett viktigt problem, som blockerade deras arbete och krävde att roboten skulle tränas i en fabrik i Nya Kalifornien."

Free spetsade öronen. "Menar du att den här robotprototypen finns här? I Nya Kalifornien?"

"Det är det verkligen", sade Holmes. "Doktorn, kanske ni kan förklara medan jag ordnar lite smörte. Rinpoche ser blek ut."

"Naturligtvis, Holmes. Problemet som kineserna stötte på är tydligen, märkligt nog, ett politiskt problem. Specifikationen kräver en nivå av fritt tänkande som Store Mao uppfattade som ett potentiellt hot. Han ville inte att roboten skulle byggas i Kina, helt enkelt för att de team som genomförde utbildningen skulle kunna bli infekterade med idéer som han har arbetat hårt för att ta bort. Den var tvungen att byggas utomlands."

Dörren till rummet öppnades och den gamla kvinnan med glimten i ögat - hon som Sergeant Free träffade den första dagen - kom in med en bricka.

"Mycket bra, fru Asawa, var snäll och servera, eftersom jag tyvärr inte kan göra det", sa Holmes. "Ers helighet, jag vet inte om detta imiterade Yak-smör kommer att falla er i smaken. Det är svårt att få tag på animaliska livsmedel i Nya

Kalifornien. Jag var tvungen att få detta syntetiserat i ett närliggande laboratorium."

"Herregud, Holmes. Det var att gå över gränsen för vad en gammal munk kan göra."

"Men du älskar smörte, eller hur?"

"Ja, du ger mig en tår i ögat."

"Detta te är mer eller mindre Tibets nationaldryck. Munkarna dricker det många gånger om dagen." Holmes lutar sig leende tillbaka medan gruppen får koppar med ångande gul vätska.

"Hmm..." sniffade Free.

"Nå, var var vi", sa Holmes. "Ja, problemet med hur man kirurgiskt stoppar Big Mao."

Doktor Suslova sa: "Du talar om kirurgi, Holmes, men den här roboten är inte bara ett objekt som man kan resonera kring. Det här är ett barn - levande, enligt alla etiska normer, och möjligen med en unik och viktig design som kan leda till otrolig innovation."

"Doktor Suslova är en transhumanist, eller hur, doktorn?" sa Holmes.

"Det är jag."

"Då ska vi se om vi kan leva upp till era höga krav."

"Jag vet att det låter krasst, men borde vi inte bara döda den - honom?" -detta från Free.

"Det är en uppenbar och något primitiv lösning. Men Store Mao skulle bara tillverka eller köpa en annan version och fortsätta med sin plan, med bara ett litet bakslag. Nej, vad vi behöver är en mer subtil plan som skulle omintetgöra hans avsikter."

"Och du har en sådan plan, Holmes?" sade Rinpoche.

"Det gör jag verkligen. och det kräver hjälp från Sergeant Free här."

"Holmes", sade Free, "jag hatar att fråga, men hur är det med Susan Calvin?"

Holmes skrattade kort och blev sedan allvarlig. "Susan Calvin har säkert redan listat ut vad vi har för mål vid det här laget. Men jag tror inte att hon kommer att lägga sig i. Hon vet att hon blev slagen, helt rättvist."

"Rättvist och jämlikt?"

"Ja, sergeant, rätt och slätt. Som de säger, allt är rättvist i kärlek och krig. Hon har fått en mycket större respekt för mina förmågor efter vårt senaste möte. Vi kanske till och med kan göra affärer tillsammans en dag. Men när det gäller hennes inställning till dig - ja, då skulle jag undvika att ha något samröre med henne på kort sikt - på medellång till lång sikt. Nej, kanske resten av ditt liv. Håll dig borta. Hennes ilska är intensiv, och den är riktad mot dig."

"På mig?" Free var otroligt förvånad. "Men hon mjölkade mig som en jak!"

Rinpoche skrattade. "Jag är inte säker på att du vet det, sergeant, men yaker är hanar. De ger ingen mjölk. Att kalla detta te för "Yak-smör-te" är något av ett västerländskt missförstånd om oxen. Smöret kommer från mjölken från en Dri, som är ett kvinnligt djur."

32

Free satt på tåget på väg mot Union Center ännu en gång. Till Big Maos rekryteringscenter faktiskt. "Åh, det här är Deja vu över hela dig", tänkte han. "Jag vet inte vad Holmes tänkte när han bestämde sig för att det här var rätt väg att gå."

"Var inte rädd, sergeant", hade han sagt. "Eller oroa dig åtminstone inte så mycket att du blir paralyserad av rädsla. En rimlig rädsla för Big Mao är helt rimlig. Men det här kommer att kräva mycket omsorg och du måste *agera*. Ni är en god människa. Inta inte positionen som en god man, eller en rättvis man. Du måste vara en ondskans virtuos. Jag har utarbetat det här manuset, jag vill att du memorerar vad du kan..."

Nu var han på väg att hamna i direkt konfrontation med kineserna på ett sätt som, med Holmes ord, "borde vara tillräckligt provocerande för att stimulera ett svar".

Free tyckte att det faktum att han nu var beväpnad och hade för avsikt att "bust a cap or two" stämde in på definitionen av provocerande. Han gick ner för plattformen från Market Street-stationen och upp till gatunivån, där han passerade genom hallen under en tredimensionell ljusshowinstallation som såg ut som ett böljande och virvlande hav av rött regn. När han kom ut på gatan gick han förbi Edison/Mango Store och lade handen på dörren till Big Mao Recruitment Center.

Så fort han lade handen på dörren kände han en kall rysning genom sig. "Kom ihåg, sergeant", hade Holmes sagt, "formuleringen är ganska viktig för att komma förbi receptionen. Doktorn och jag har kört spelteoretiska simuleringar på detta i flera timmar."

Free drog upp dörren och stålsatte sig. Han gick genom den långa hallen, förbi kiosken och med bestämda steg fram till den långa raden av bås som var infällda i den bortre väggen och lade sin högra handflata på den lysande plattan. Omedelbart blev han yr, men han koncentrerade sig och yrseln försvann när receptionsdisken i fjärran blev synlig i hans sinne.

"Kan vi hjälpa er?" sa 'Wu' från receptionen.

"Nummer 5! Kommer du ihåg mig? Jag behöver din hjälp. Jag har information som är avgörande för Stora Maos intressen. Jag kräver att få tala direkt med ordföranden."

"Jag är rädd att det inte är möjligt." Poddmedlemmarna tittade på varandra som om de ville säga: "Den här är galen".

Men Free lät sig inte nedslås. "Mitt namn är sergeant John Free, från New California Defense Force, pensionerad. Vänligen leverera mitt meddelande. Omedelbart."

"Det är en absurd och omöjlig begäran, John Free...den är också farlig." Nummer 5 i receptionen tystnade medan Nummer 2 konverserade mentalt. Tankeflödet återvände. "Min kollega har påmint mig om att du var här för två månader sedan...ja, jag förstår. Jag föreslår att du diskuterar din förfrågan med nummer 5 i Rekryteringen..."

"Detta är inte en rekryteringsförfrågan. Jag förstår att du bara är en kontaktpunkt och inte vet vad det här handlar om" - här flämtade kvinnans ögon - "men det här är en allvarlig fråga. Jag begär omedelbar upptrappning med kod 347A.

Lösenordet är 'Bodhisattva'" Free upprepade vad
Holmes hade sagt åt honom att säga.

Hela receptionen verkade förtvivlad.
"Naturligtvis. Var vänlig vänta ett ögonblick,
John Free." Efter några ögonblick och fler hastiga
diskussioner i kapseln kom ljudet tillbaka. "Ser-
geant John Free, från New California Defense
Force, pensionerad, nummer 5 för vapenutveck-
ling kommer att ta emot dig nu. Detta kommer
att vara ett fysiskt möte. Vänligen följ dessa in-
struktioner noggrant.

När du har kopplat bort din handflata från in-
tercom-systemet kommer en kapsel från Search
and Defend att möta dig nära kiosken. Vänligen
följ med dem. Och sergeant-"

"Ja?"

"Ytterligare säkerhetsåtgärder och ge-
nomsökningar kan komma att krävas. Enligt ny
kalifornisk lag är jag skyldig att förklara att skjut-
vapen, sprängämnen och dold övervaknings-
eller inspelningsutrustning är strängt förbjudna i
byggnaden."

"Tack. Det ska jag komma ihåg." Free släppte
sin handflata från den glödande plattan. Hans
huvud snurrade, men när han skakade av sig
yrseln såg han att han tittade in i pipan på en dra-
gen pistol som var riktad mot hans huvud.

33

"Varför är jag häktad?" sa Free.

Nummer 5 på vapenutvecklingsavdelningen - en lång kvinna med skarpa ögon och ett puckelmärkt ansikte - studerade Free noga. "Vi får inte så ofta besökare som känner till åtkomstkoder och utmaningar för vår kader, men som inte befinner sig i våra kapslar och inte framstår som registrerade agenter eller entreprenörer. Hur fick du tag på dessa symboler?"

"En liten fågel sjöng dem för mig", sa Free. "När tänker du låta mig slutföra mitt uppdrag?"

"Vad exakt är ert uppdrag?"

"Jag tror inte att du lyssnar. Mitt uppdrag ligger ovanför din presentationsscen. Det är endast för Big Mao."

De andra medlemmarna i vapenutvecklingspodden skrattade. "Han verkar tro att vi är idioter", sa nummer 3. "Ingen går bara in och pratar med ordföranden." Men nummer 2 var mer avslappnad. "Låt oss bara tortera vad som helst ur honom efter lunch. Han kommer att hålla, han går ingenstans."

"Mitt meddelande är av extremt tidskänslig natur." Free svettades nu.

"Ja, det är jag säker på", sade nummer 3.

"Troligtvis är han bara en knäppgök. MeeTube är fullt av konspirationsteorier och han kanske har snappat upp något, någon antydan till procedurer, kanske han till och med spyr ur sig slumpmässig rappakalja."

"Låt oss övergå till frågan om varför du kom hit med ett skjutvapen", sa Nummer 5. Hon tog upp den stora pistolen och kontrollerade patronläget. "Och den är laddad."

"Jag har rätt att få tillgång till självförsvarssystem i Nya Kalifornien, det står i konstitutionen."

"Jag tror inte att det är lagligt att gå in på en affärsplats med ett laddat vapen. För att inte tala om ett som är registrerat som en del av den kinesiska ambassaden. Den här byggnaden är tekniskt sett kinesisk mark, sergeant Free. Jag skulle kunna skjuta dig, precis här, med ditt eget vapen, och ingen i din regering skulle göra något för din skull. Jag tvivlar på att de ens skulle sakna dig - krigsveteraner är inte särskilt omtyckta, verkar det som."

"Han driver bara med oss, 5", sa Nummer 3.

"Förmodligen", suckade nummer 5. "Sista chansen, vad handlar det här om. Annars kommer jag för sent till mitt möte."

"Okej. Men du kommer att behöva förklara dig senare, kanske till och med för ordföranden. Det kommer att roa mig så in i helvete." Free tog en paus. "Jag har information till ordföranden angående en defekt."

"En defekt? Vad är det för fel?" frågade nummer 5.

"I projektet Bodhisattva."

Frees antydan var som en bomb som tömde allt syre ur luften i rummet. Nummer 3:s flinande ansiktsuttryck ändrades omedelbart till ett uttryck av rädsla. Nummer 4 tittade skarpt på kvinnan som de kallade Fem. Hela kapseln, varje individ, slutade med vad de höll på med. Free antog att de överlade om Pearl. Efter en stund talade nummer 5 långsamt. "Tio sekunder, vad exakt är det du håller på med?"

"Inte för dina öron."

Kvinnan justerade skickligt den stora halvautomatiska pistolens säkring till "off". Hon höll pistolen mot Free's huvud på ett extremt affärsmässigt sätt. "Nio. Åtta. Sju. Sex. Fem. Fyra..."

"Vänta lite!" säger Nummer 3. "Vänta lite. Den här killen - jag har sett honom!"

Kvinnan, som fortfarande höll pistolen mot Free's huvud, tittade på Nummer 3. "Förklara."

Det verkade som om det var Nummer 3:s tur att svettas. En svettdroppe rann ner på sidan av hans ansikte. "Jag såg honom på MeeTube. Han var på Tabloid Terry med Susan Calvin."

"Du var på MeeTube." Nummer 5 var otrolig.

"Ja. Jag brukar ibland..."

"Inte nu. På vilket sätt är detta relevant...Åh. Susan Calvin-" Nummer 5 vände sig till Free. "Har du haft någon kontakt med VD:n för MeeTube?"

Free log. "Det kan man säga. Mer än bara, tja, 'kontakt'."

"Han knullade skallen av henne", säger nummer 3. "Det är i alla fall den historia som sprids på MeeTube."

"Jag tycker att du ska vara tyst för tillfället, Nummer 3. Inget. Mer. Prata."

Nummer 3 nickade snabbt och gick till andra sidan av rummet.

Under tiden var nummer 1 i full färd med att söka på nätet. "Det finns en del bekräftelse från sociala medier där ute... "John Free, tidigare i New California Defense Force, gjorde bort sig på MeeTube igår kväll när det avslöjades att han hade blivit kär i en simulering, men han vann ett underbart pris, en kväll med MeeTubes VD Susan Calvin..."

Nummer 5, som fortfarande höll i pistolen, tittade på Free. "Susan Calvin är känd för att använda vissa njutningstekniker som involverar tekniska framsteg...delning av hjärnströmmar...Kan du berätta för oss om det?"

"Kan du sätta tillbaka säkringen på den där biten?" frågade Free tyst.

34

Free fördes till ett mötesrum och tvingades sitta ner. Ett antal kapslar samlades. Stämningen var allvarlig, till och med rädd.

När de gick in fäste kommunikationsavdelningens nummer 5 ett armband på Frees högra handled och aktiverade en pärla genom att sätta en droppe enzymatisk lösning på den. När pärlan var inbäddad i armbandet och i kontakt med hans hud började den lysa. Free började genast höra musik, modern men av martialisk karaktär, och att se en visuell presentation av något slag.

Det var en animation ritad i stil med gammal kinesisk tuschmålning, med några få färger för betoning. Medan Free tittade på verkade den gå igenom domar och straff: en hängning, en

192

misshandel, en man som förblindades med en
het eldgaffel. Dessa våldshandlingar rullade
förbi på den rörliga skärmen som om de vore
moln som snabbt rullade förbi. Det fanns också
scener med folkmassor, talare, händelser i tid och
rum och Maos stora dominerande ansikte.

Sedan klarnade skärmen, musiken tystnade
och *han* kom. Det var en ung man med grön mili-
tärmössa och grön uniform. Hans ansikte var
strängt, tyckte Free, men hade en magnetisk
kvalitet, särskilt ögonen. Avbildningen var dock
inte av fotografisk natur, utan en animation. Fig-
uren talade. "Nummer 5, från Vapenutveckling,
var vänlig rapportera. Varför har ni höjt denna
begäran till nivå tre?"

"Ordförande, det har uppstått en situation som
vi tror kräver er uppmärksamhet. En agent - eller
snarare någon som vi har haft kontakt med, men
inget formellt kontrakt och inga kontroller - har
kommit fram med ett erbjudande om tjänster."

"Har du granskat erbjudandet, Nummer 5?"

"Inte helt och hållet, ordförande. Den akuta sit-
uationen tycktes kräva omedelbara åtgärder."

"Jag förstår. Är personen med på det här sam-
talet?"

"Ja, ordförande."

"Nå då? Vem är han?"

"Mitt namn är sergeant John Free från New California Defense Force, pensionerad. Men jag arbetar faktiskt för ett företag som heter InterventionX."

Det hördes ett sus i den mentala kommunikationen på linjen. Ordföranden log. "Ahh. Jag förstår. Det här är mycket intressant. Men jag är inte säker på att jag tror dig. Det finns verkligen anledning att tro att detta är en väckarklocka, ett trick."

"Åh, det är ett trick, okej. Ett trick mot Holmes. Holmes förödmjukade mig, använde mig för att få information. Och nu ska han få betala. Eller snarare, du kommer att betala för att få reda på vissa fakta från mig. Och sedan ska du straffa honom genom att besegra honom."

"Låt oss först fastställa vissa bevis. Om du verkligen är anställd av InterventionX, så kommer du att veta var Holmes befinner sig."

"Jag känner igen honom från leksaksaffären."

"Och i leksaksaffären, om du verkligen hade varit där, hade du träffat en kvinna. En asiatisk kvinna."

Free tänkte efter en stund och fick panik när han försökte komma ihåg namnet på den kvinna som hade serverat dem te några dagar tidigare. "Ah, ja, en Mrs Asawa. Jag kallar henne kvinnan med glimten i ögat."

"Jag är glad att hon fortfarande är anställd av Holmes. Hennes son är en av mina många gisslan. Hon håller ett öga på Holmes och hans medarbetare åt mig."

"Då skulle du veta att jag inte ljuger."

"Jag vet att om jag vill kan jag få dig dissekerad för att se varför våra nanopartiklar som du infekterades med den 15 augusti inte gav önskat resultat. Jag vet också att om jag så önskar kan jag få dig tagen och sinnesundersökt, och vad du än vet kan tas ifrån dig och göras känt för oss."

"Vem eller vad är du egentligen? Och varför använder du en seriefigur som avatar? Det verkar löjligt."

Ytterligare en hörbar andhämtning gick genom rummet. Men ordföranden lät sig inte påverkas.

"Det är inte nödvändigt att du vet vem jag är, eller varför jag gör saker på ett visst sätt. Men eftersom det behagar mig att göra det, och eftersom du utan tvekan kommer att tvingas återberätta denna exakta konversation ord för ord för Holmes och hans lakejer, ska jag berätta det för dig. Mitt namn är Mao. De flesta av mitt folk kallar mig "den store Mao", vilket jag tror är ett kärleksfullt uttryck, men också ett sätt att skilja mig från den förste, store Mao, Mao Zedong."

"Så du är inget annat än ett datorprogram, precis som Holmes."

"Jag är väldigt olik Holmes. Jag tror inte att något av min ursprungliga programmering delas med hans. Det fanns många olika team som arbetade med AGI-problemet vid den tiden. Men vad jag vet är att jag var först. Först, och även bäst."

"Varför då seriefiguren?"

"Ah ja, min avatar. Jag tror att en person av din ras skulle uppskatta gesten att ha en avatar som till och med en neger skulle förstå och känna igen sig i. Allt mitt marknadsföringsmaterial är riktat till sjätteklassare, och en del av vårt mest populära rekryteringsmaterial är riktat till förstaklassare eller analfabeter, med bilder och tecknade serier. Det är inte den intellektuella nivån hos den genomsnittliga personen i Kina - det är den intellektuella nivån hos de underlägsna raserna, som din."

Free sa ingenting.

"Nu", fortsatte Stora Mao. "Berätta vad det är ni säljer och vad det kostar."

Gratis suck. "Det finns en defekt i projekt Bodhisattva-"

"Säg mig först, vet du ens vad det betyder?"

"Barnet som du köper från Edison/Mango Corporation, från Susan Calvin, som en kapitalistisk slavägare? Ja, jag vet allt om det. Jag fick reda på det från Susan Calvins eget sinne; jag såg

196

ritningen medan jag knullade henne dum i huvudet."

"Jag förstår. Fortsätt."

"Det finns en defekt. Är det inte så att kontrollselen inte har levererats, trots att barnet ska förlösas inom några timmar? Det beror på att selen inte kommer att fungera. Det fel jag talar om är internt i konstruktionen. Det kan finnas i den kinesiska koden, det kan finnas i den nykaliforniska koden, det kan finnas i materialen. Det finns inte en chans att du kan hitta det snabbt, i alla fall inte utan flera veckors arbete. Än värre är att defekten kan kräva att hela arbetsprodukten förstörs och återinitialiseras. Det vill säga, dödas och börja om från början."

"Intressant. Ja, det skulle försena vårt schema. Som Holmes kanske har förklarat gillar vi inte förseningar."

"Du tror att du kan utvinna ur mig vad det är, att du har mig, och därför har du vad jag vet. Men den exakta informationen finns inte i mig eller på mig. För att vara ärlig är jag inte programmerare eller tekniker. Jag förstår inte detaljerna. Så tortera mig så mycket du vill. Det kommer inte att göra dig gott."

"Ja, du är helt klart bara en stor svart man med en överdimensionerad dong. Hur mycket kommer mer informationen att kosta?"

"Säg att du kommer att straffa Holmes för vad han har gjort mot mig, så ger jag dig den till ett rabatterat pris."

"Verkligen. Du säger att jag bara är en dator. Men hämnd är en känsla jag förstår och jag tror att det är en mycket mänsklig känsla. Då så. Vad är ditt pris?"

"Jag vill ha 500 000 dollar i New California Currency på en ny kryptostick, ingen tidigare ägare, och din försäkran om att du kommer att få Holmes att betala för vad han gjorde mot mig, genom att besegra hans planer. Du förstår, defekten introducerades av honom för att sabba för dig. I utbyte ger jag dig informationen."

"Hur kommer överföringen att göras?"

"När jag går ut ur den här byggnaden, levande och oskadd, kommer en vän - någon som jag litar på - att se mig. Du kommer inte att veta vem den personen är. När jag går ut härifrån är det signalen för den personen att skicka en kedjekod för de krypterade uppgifterna, tillsammans med nätverksadressen där uppgifterna lagras, till din "fråga Big Mao"-frågelinje."

"Och vad hindrar mig från att använda de möjligheter jag har i Nya Kalifornien för att göra livet surt för dig?"

"Minns du nanopartiklarna som du var intresserad av, de som är så viktiga för era hemliga tjänster? Det du använder för att få folk att tro att de behöver vara dina slavar? Om du orsakar mig problem, några problem alls, har jag organiserat att motgiftet ska vara open source. Jag har ingen aning om hur det motgiftet fungerar, men jag har fortfarande ett prov av det faktiska motgiftet som användes på mig, och jag har tillgång till källkoden för vaccinets nanopartiklar också. Gör mig ledsen eller lura mig och du kommer aldrig att jävlas med någon genom hjärntvång igen, Mao. Har vi några villkor?"

Den store Mao log. "Vi har våra villkor. Jag önskar att alla våra agenter var lika grymma och hämndlystna som du. Skicka iväg sergeant Free. Ge honom hans sidovapen. Stör honom inte om inte kedjekoden anländer inom 15 minuter efter hans avgång. Om han ljuger, återta då kryptostickan och se till att han uppriktigt ångrar detta utspel."

När Free gick sa Big Mao: "Jag uppskattar en användbar medarbetare, det är synd att du är av en underlägsen ras, du kunde ha fått en viktig plats hos oss."

Free vinkade adjö genom att ge honom fingret. "Kanske i min nästa inkarnation."

35

Väl utanför Big Mao Recruitment Center började
Free gå i riktning mot tågstationen. Men en
marktransport körde fram och bakdörrarna
öppnades. Han hoppade in. Doktor Suslova
hälsade honom varmt välkommen. "Bra jobbat,
sergeant!"

Free sjönk ihop i sitt säte, utmattad. "Så du vet
vad som hände?"

"Tja, du är inte död, det betyder att åtminstone
något gick rätt till. Låt mig skanna dig." Doktorn
förde en liten apparat över Free's kropp, som
kvittrade när den fördes över kryptostickan.
"Ah-jag ser att du har lite kryptovaluta...mycket
bra. Spendera inte allt på plats, Sergeant. Och de-
finitivt inte på MeeTube!"

Free gjorde en grimas. "Måste jag leva med det
under resten av min karriär inom Interven-
tionX?"

"Absolut, sergeant. Du är ju berömd. Jag kan
inte föreställa mig att du inte har fanboysidor vid
det här laget, förmodligen till och med en Wik-
ipedia-artikel. Men låt oss få dig tillbaka till
Holmes."

"Men kedjekoden - defektinformationen -"

"Under kontroll. Du verkar inte ha fångat upp några nanopartiklar. Och jag kan inte upptäcka några spårningschips. Fick du prata med Big Mao?"

"Det gjorde jag", sa Free. "Det var...ja, det var något annat."

"Jag är lite avundsjuk, om jag ska vara ärlig."

"Du har aldrig pratat med honom, antar jag?"

"Inte alls, jag skulle bli livrädd. Det är mycket sällsynt att han gör ett personligt framträdande som det du anstiftade. Men vi har faktiskt inte så mycket information om Big Mao, åtminstone inte på den nivå som Holmes är van vid. Normalt sett kan Holmes infiltrera nästan alla elektroniska system, kommunikationsplattformar eller kanaler. Han är som en Ginsu-kniv, han kan skära igenom vad som helst."

"Jag känner inte till den referensen."

"Det är från före din tid. Hur som helst, Big Mao använder en slags pärlteknik - jag tror att du har sett den, den liknar det som MeeTube och andra har gjort, men den fungerar..."

"På tal om det-" Suslovas scanner hade nått Free's sko. Jag kvittrade.

"Ja", sa Free torrt. "Det fungerar i ett armband. Det skulle ha kommit väl till pass jämfört med vad jag var tvungen att gå igenom. Det var därför jag smet iväg med en."

"Kära nån, sergeant! Du har varit upptagen."

"Så vad handlar det om?"

"Låt oss få dig debriefad så kan vi prata om det."

36

Tillbaka i leksaksaffären gick Free förbi fru Asawa, kvinnan med glimten i ögat, och gick upp för trappan till mötesrummet och funderade. Han och Doktorn knackade på Holmes mötesrum och kunde höra honom svara "Kom in, mina herrar!"

"Välkommen doktor, sergeant! Välkomna. Varsågoda och sitt."

Holmes var tillbaka i sin vanliga svarta arbetsdräkt och svarta oxfordliknande läderskor. Han hade gått runt i sitt virtuella rum. Istället för en solig dag utanför det virtuella fönstret visade rummet tecken på oro, till och med rädsla. Det stormade utanför det virtuella rummet; Free kunde se regnet slå mot glasrutan. Ibland kunde man höra en blixt och sedan hördes motsvarande åska i fjärran.

"Hem", sade Free. "Innan vi börjar måste jag berätta något om fru Asawa."

"Så den store Mao nämnde hennes son, eller hur?"

"Då vet du det."

"Jag vet att hon är under tvång från den store Mao, att hennes son är gisslan. Fru Asawas make var en berömd japansk programmerare och datavetare, Hoishi Asawa. Han var inblandad i utvecklingen av Big Mao för många år sedan. Han är död nu, men deras son är fånge någonstans i Kina, troligen i Peking."

"Men ni kan ju inte ha någon sådan som smyger omkring här!" ropade Free.

"Naturligtvis kan jag det. Det här stället är ingen hemlighet. Du kanske har märkt, Sergeant, att det inte finns någon säkerhet, inga vakter, detta är bara en faktiskt fungerande leksaksaffär i ett faktiskt New Cali-kvarter som är känt för alla typer av kul och spel, som håller sig 'högt' så att säga, men inte för hög säkerhet. Nej. Hon är inget hot. Om hon var det skulle jag veta om det och vidta nödvändiga åtgärder. Jag trodde att du skulle ha förstått vid det här laget."

Free var tveksam. "Jag antar att jag inte gör det."

"Jag har länge funderat på hur vi ska få ut hennes son. Men hittills har jag inte kommit på någon lösning. Poängen är att mitt sätt - min Dharma, faktiskt - är baserat på en fullständig analys av världen, en slutsats om vad som händer här eller där, så att jag kan förutsäga vad som kommer att hända. Eller egentligen kan jag förutsäga de 10.000 saker som potentiellt kan hända. Därefter kan jag vanligtvis gissa vilken av dem som är mest sannolik. Till exempel vet jag, utan att ens använda någon sensorisk I/O, att fru Asawa kommer att knacka på dörren ungefär nu."

Helt enligt hans förutsägelse knackade fru Asawa på dörren. "Kom in, fru Asawa! Kom in, tack."

"Jag tog med lite te till sergeanten och doktorn." Den gamla kvinnan rullade in en vagn och plockade upp ett försök. "Vill ni inte ha något, sergeant?"

"Uh...ok. Ja. Faktum är att jag är utsvulten. Tack så mycket." Han tog flera kakor från brickan och lade dem i sitt knä.

"Och du, doktorn?"

Holmes log välvilligt. När den gamla kvinnan hade gått fortsatte han. "Min Dharma - min väg - är vägen till förutsägelse, deduktion och slutledning, baserat på input av så många olika slag. Jag har tillgång till dataströmmar som ingen människa kan förstå. Men du, Sergeant, har skapat en situation som inte uppstår så ofta."

"Åh?

"Ja, jag kallar det en statistisk ficka. En ficka är en kort tidsperiod då det inte är möjligt för mig att dra slutsatser om vad som kommer att hända. Vanligtvis uppstår detta när det saknas tillförlitlig information, men i det här fallet beror det på att Mao är mycket förutsägbar, medan roboten - barnet gjort av Kevlar - inte är det. Vi måste, som du säger, ta det som det kommer."

Doktor Suslova spillde nästan sitt te och tittade upp. "Det var ett ovanligt uttalande att höra från er."

"Jag vet. Jag känner mig nästan naken. Det är väldigt pinsamt."

"Men du förutspådde vad Stora Mao skulle säga nästan ord för ord. Det var konstigt, det var som om vi var med i en pjäs och det fanns repliker, och du hade gett mig ett manus. Jag är glad att jag kunde komma ihåg det mesta av det."

"Ja. Jag är glad att det fungerade. Om det inte hade fungerat så bra hade du kanske genomgått dissekering just nu, eller någon annan ohygglig plåga. Mao är inte, och har aldrig varit, svår att förutse. Det är därför han var så lätt-" Här såg Free sårad ut. "- ja, relativt lätt att manipulera. Men när det gäller de närmaste timmarna är saker och ting inte lika klara för mig. Det finns också en avsevärd fara. Du förstår, roboten - barnet - arbetar helt under tvång av Big Maos

205

psykologiska begränsningar, enligt specifika-
tionen. Han kommer inte bara att bekämpa våra
försök att hjälpa honom, utan han har också vissa
krafter inom sig...."

Doktor Suslova skrattade. "Du tror väl inte att
han på något sätt har övernaturliga förmågor?
Han är bara en AGI som har tränats i tusentals
obskyra buddhistiska skrifter, tillräckligt för att
han ska kunna bli en acceptabel buddhistisk
forskare och så småningom accepteras som en
falsk Dalai Lama."

"Kanske," sade Holmes. "Kanske inte. Här är
vår allmänna attackplan..."

37

Den kvällen reste Free till Chinatown. Området
hade förändrats en del under krigsåren, men
hade fortfarande hög befolkningstäthet och rela-
tivt få engelsktalande som på något sätt bodde
bland de åldrande, sönderfallande hotellen och
långtidsboendena som passerade som bostäder.
Free gick genom Dragon Gate och satte sig på en
restaurang vid gatan, där han snart drack te och
åt nudlar. Free tänkte på sin vän Mayfield, hur
han skulle ha tyckt om maten.

När det närmade sig den tid som Holmes hade angett försökte Free aktivera pärlan som han hade stulit från Big Maos rekryteringscenter. Den lyste inte upp. "Nåja, kanske inte", sa han till sig själv. "Vi kanske måste göra det här på det gamla hederliga sättet."

Medan han tittade på gick kvinnan från receptionen - Wu, nummer 5 - förbi restaurangen. Hon log och tittade omkring sig på de gamla och fallfärdiga byggnaderna, människorna och det allmänna kaoset. Hon verkade vara på promenad, fri, avslappnad. Free reste sig och gick ut, gick bakom henne en liten stund. Hon verkade omedveten.

"Hej, nummer 5, Wu - är det du?" sa Free.

"Vad, du-John Free! Vad gör du här?" Kvinnan var uppenbart rädd.

"Det är okej, det är okej." Han lyfte upp händerna med handflatorna utåt. "Jag ville bara säga hej! Hur är det med dig?" Han började gå bredvid kvinnan och höll jämna steg med henne. "Är det här din första gång i Chinatown?"

Kvinnan, nummer 5, svarade inte. Hon såg dyster ut, som en skolflicka som har blivit påkommen med att göra något dumt. "Jag gick vilse på vägen hem."

"Det är lustigt, jag går också vilse ibland. Men San Francisco är min hemstad, mer eller mindre.

207

Jag känner mig alltid hemma här. Jag vet en skulptur på den här gatan som du verkligen skulle gilla." Lite längre bort kom de till en parkbänk i brons. På bänken satt tre bronserade apor. Två av aporna omfamnade varandra och hånglade, den tredje höll för ögonen med sin hand, som om hon skämdes över de två andras beteende.

Nummer 5 skrattade trots allt. "Vad gör du, John Free? Jag tror att du är väldigt stygg."

"Ja. Förmodligen så. Jag försöker se om du skulle vilja gå ut med mig. Men det var länge sedan jag var på en dejt. Jag kanske har glömt hur man pratar med en tjej." Han låtsades vara blyg.

"Men du kommer att ge mig stora problem."

"Jag vet. Vad sägs om att låta mig bjuda dig på en drink?"

"Visst", sa kvinnan och verkade ge med sig. "Låt oss gå. Du leder."

"Verkligen? Jättebra! Jag bor där nere, ett kvarter eller två, på Four Seasons. Där finns den otroliga utsikten."

Kvinnan sa inte mycket när Free ledde henne ner till hotellet och pratade på. De gick in och Free log mot henne. "Det här kommer att få dig att häpna!"

Kvinnan såg dyster ut. Han gick till receptionen och bad att de skulle skicka upp champagne och rumsservice för två - det bästa av allt.

Free tog hennes hand och följde henne upp till sitt rum. De stod tysta i hissen medan några gamla trance-vibbar från slutet av 1990-talet spelades genom de åldrande högtalarna.

Det var en Embarcadero-svit, en av de dyra. Free sa: "Okej. Nu, nummer 5, vill jag lägga mina händer över dina ögon. Litar du på mig?"

"Inte riktigt, nej." sa kvinnan. "Men gör det."

Free ledde henne med förbundna ögon in i sviten, nära det stora fönstret. "Ta-da! Titta på den utsikten." Hon tittade och log. "Ja, mycket fin, John Free. Vad sägs om den där drinken?"

Rumsbetjäningen kom upp och dukade bordet, Free bad dem organisera saker för den mest romantiska middag för två som han kunde tänka sig. "Vi behöver champagne ASAP, vi firar!" sa han till en i personalen. Inom en minut kom den värdige tillbaka med en flaska. "Varsågod, öppna den." Servitören öppnade korken, som sköt i luften, och hällde sedan upp lite av det mousserande vinet i två höga flöjter. Free tog glasen och presenterade ett för kvinnan. "Varsågod. Till dig", sade han.

Nummer 5 tittade på champagnen och tog en klunk, sedan en till, men sa ingenting.

De åt, mestadels under tystnad, den måltid som han hade beställt: Angus Impossible Steak, tillagad med genetiskt modifierade köttceller som inte odlats i en oxkropp utan i ett laboratorium. En vacker sallad med groddar och blommor och en efterrättstårta med konjakssås var tillbehören. Flickan åt allt detta med en viss glädje, till och med tillfredsställelse. "Champaigne är slut. Mer vin", sade hon. Medan Free ringde room service gick hon in i badrummet. När vinet hade levererats kom hon ut, efter att ha duschat, i ett vitt bomullsnattlinne. Hennes hår var insvept i en handduk som en turban.

Free gav henne ett glas av den utmärkta årgången Dominus 2027, ett vin baserat på Cabernet Sauvignon-druvor. Hon drack upp vinet och sa: "Jag behöver ett kex."

"Kom och sätt dig i soffan. Det börjar bli kväll, solen har precis gått ner. Jag ska kolla i kylskåpet." Free återvände strax med ett paket riskakor och lite Munster Vegi-ost.

"John Free. Jag vill att du ska veta att jag har bott i Beijing och Shanghai Development Zone, jag har sett många stadssilhuetter. Storstad, många byggnader som är mycket större än du kan föreställa dig."

"Ja, men den här horisonten är San Francisco. Det är väldigt romantiskt. Det är i alla fall vad folk säger."

"Det är det. Jag kom hit år 2039. Jag hade också några drömmar. Jag har varit på Receptionist pod, dirty pod, i sex år. Sex år på ambassaden."

"Sex år..." Free var inte helt säker på att saker och ting gick hans väg.

"Du kom på mig i dag med att göra något som vi inte får göra. Vi får inte gå och besöka förbjudna kapitalistiska slumområden, fyllda med ättlingar till invandrare som övergav Kina för drömmen om guld. Store Mao godkänner det inte."

"Inte?"

"Jag vet att du kom på mig, och inte av en slump. Du följde efter mig - spionerade på mig - eller du har övervakning på mig. Det är olagligt, men du gjorde det ändå. Det betyder att du är hemlig. Du är spion eller fiende till Store Mao - säg ingenting. Jag vill prata. Du lyssnar."

Free lutade sig tillbaka. Han tittade på kvinnan och smuttade tyst på sitt vin.

"Det stämmer, du ska bara lyssna. Håll munnen stängd. Jag ska berätta några saker för dig. Mitt namn är Zhang Meng Yao. Inte Wu, inte Nummer 5. Zhang är mitt familjenamn,

fadernamn. Meng Yao betyder "Dröm Jade." Du
kan kalla mig Meng Yao."

Free lyfte på en inbillad hatt för henne: "Kära
Meng Yao. Trevligt att träffas."

"Nej, du får inte prata. Håll munnen stängd.
När jag var ung blev jag lovad vissa saker. Hela
min generation. Men vi fick Big Mao istället. Jag
jobbar i receptionen. Det är ingen framträdande
post. Vissa män visade intresse för mig, de
uppvaktade mig, men de var inte tillräckligt bra
män. De hade låg status. En var till och med
chaufför! En chaufför! Men det är anledningen
till att jag inte har haft mycket erfarenhet av män,
inte mycket kärlek. Jag har varit ensam."

Free tänkte tala men hon stoppade honom.

"Nej, nej. Jag vet att du vill ha vissa saker av
mig. Men du måste svara på några frågor från
Meng Yao först. Jag vill att du bara svarar ja eller
nej. Om du inte samarbetar kommer jag att gå.
Här är den första frågan. Kommer du ihåg, när vi
först träffades, genom intercom-systemet, kunde
jag se i din tanke, att du fann mig attraktiv. Var
det verkligen sant?"

Free sa ingenting direkt. Han tänkte på den
dagen, den första gången han hade gått in i
Rekryteringscentret. Wu-Meng Yao hade rört vid
hans panna. Han mindes. "Ja", sade han. "Ja."

"Det finns en kollega till mig på avdelningen för vapenutveckling, nummer 3. Den här nummer 3 är väldigt stygg. En gång försökte han få mig att utföra oralsex för honom, han sa att det skulle bli befordran. Men jag visste att han var en lögnare. Nummer 3, han använder ibland MeeTube. Det är inte tillåtet, jag vet om det, men jag säger ingenting. Jag sparar den informationen för senare bruk. Hur som helst, nummer 3 från Weapons Development skryter ibland om sina resor på MeeTube. Han säger att han såg dig, att du hade en dejt med Susan Calvin. Han säger att du har sex med Susan Calvin. Susan Calvin är en robot. Hade du sex med henne?"

Free kände sig lite kränkt av att alla på planeten verkade veta allt om hans sexliv men var tvungen att svara sanningsenligt. "Ja."

"Hon är beundrad i mitt land. Väldigt mycket. Både kvinnor och män. De kallar henne 'yindang nushen'. Det betyder bitchgudinna. Har du tillfredsställt henne?"

"Ja."

"Har du tillfredsställt henne fullt ut, på alla sätt? Jag menar sexuellt tillfredsställd. Som pojkvän. Som älskare."

"Ja."

"Älskar du henne?"

Free övervägde detta. Han trodde inte att han kunde vara sanningsenlig med ett ja- eller nej-svar.

Han började tala, men Meng Yao stoppade honom. "Nej, svara inte på det. Det har jag inte med att göra." Kvinnan reste sig upp och sträckte på sig. "Tänd ljuset och dra ner persiennerna. Jag är redo."

Free gav lämpliga röstkommandon till nestagenten och rummet förändrades långsamt. Persiennerna fälldes ner, så att rummet stängdes in och utsikten försvann, och rumsbelysningen tändes.

"Jag behöver ytterligare ljus. Ljusare tack. Okej, det räcker. Ta av dig dina kläder."

"Ursäkta?"

"Jag sa ta av dig dina kläder. Alltihop. Gå nu och ta en dusch och tvätta din kropp ordentligt. Kom tillbaka snabbt. Jag är mycket redo."

Free skyndade sig att slutföra sin tilldelade uppgift. När han kom tillbaka torkade han sig med en stor vit turkisk handduk och hans långa kuk dinglade.

"Lägg handduken åt sidan. Kom och sätt dig hos mig på sängen." Meng Yao tog av sig morgonrocken och lät den falla ner på golvet. Hennes kropp var inte en robotsexgudinnas, men den var naturlig och ren och luktade gott för Free. Hon

214

lossade handduken från sitt glänsande svarta hår och kastade håret bakåt. "Bra. Sätt dig nu bredvid mig. Titta på min 'yinxue', förlåt - titta på min vagina."

Han sköt försiktigt isär Mengs ben och använde sina tummar för att öppna hennes hopvikta blygdläppar. De var genomblöta. Men Free var förbryllad.

"Ja, det är sant. Jag är en oskuld. John Free. Jag vet att du vill ha vissa saker av mig, information om Big Mao. Jag ska ge dig allt det, och mycket mer. Jag vet många saker, jag är ingen idiot, jag är ingen dum mottagningsflicka utan hjärna. Jag studerade länge på universitetet, vann många tävlingar. Jag vann matematiktävlingen, jag vann fysikpriset, datorpriset. Min far var också vetenskapsman. Inte dum. Men jag fick inte i mitt liv vad som var rätt, vad som var rättvist, vad som förväntades. Som kvinna blev jag inte respekterad. Jag blev inte befordrad."

Nu till dig, John Free. Du ska underhålla mig. Du ska göra allt, allt som du gjorde med robotbitchgudinnan, till och med mer. Sedan, när jag är nöjd, ska du ta mig tillbaka till ambassaden. Jag har-" hon tittade på sin Edison/Mangoklocka. "Jag har 10 timmar på mig innan jag måste rapportera för tjänstgöring. Tio timmar, John Free."

"Herrejävlar", sa Free. "Jag menar, ja."

38

Under de tidiga morgontimmarna, gratis laddat nummer 5 - nu Meng Yao, känner sig nöjd - in i en automatiserad markbil. Vid bildörren lade hon sin hand på hans bröst. "John Free. Jag har gjort några anteckningar om pärltekniken, kanske räcker det för dina behov. Jag kommer att skicka meddelanden till dig när jag kan."

Free tog hennes hand från hans bröst och kysste den. Han tittade på när transporten körde iväg.

39

"Sergeant, Sergeant! Åh, herregud. Ett erbjudande om tjänst? Du har verkligen överträffat dig själv." Holmes var utom sig av skratt. Han spankulerade runt i sitt lilla virtuella rum och skrek som en tupp.

"Jag tycker att du ska vara lite snäll mot honom, Holmes", sa doktor Suslova. "Vi har lärt oss mer om Big Maos pärlkrypteringsplan från den där cocktailservetten än vi hade fått från ett år av mutor och hörsägen." Suslova ställde sig bredvid Free och gav honom en klapp på axeln. "Bra jobbat, John!"

Holmes lugnade ner sig. "Ja, det är sant. Jag är ledsen, sergeant. Jag ska uppföra mig... Dessutom. Vi har några allvarliga affärer framför oss. Den kritiska timmen närmar sig. Allt som vi har arbetat för kommer nu att ställas på sin spets." Holmes satt i trästolen med ryggen vänd mot sina gäster och knäna utspärrade, som han tyckte om att göra. "Vapenutvecklingsteamet kommer att ha undersökt de ändringar jag gjorde i källkoden för kontrollselen. De kommer att ha meddelat sin ledare att mina ändringar kommer att få pojken att ta avstånd från Mao och, enligt deras uppfattning, 'tjäna de kapitalistiska och imperialistiska intressena'. De tror att denna skada är begränsad till kontrollselen, och de har arbetat ursinnigt med att reparera selen. Tanken att jag vill att pojken *inte ska ha någon sele* - att jag vill *befria* honom - har inte ingått i deras vildaste fantasi."

"Det skulle vara bra. Men hur blir det med Big Mao?"

"Ni har rätt att frukta honom, sergeant. Men i just det här fallet känner jag mig ganska säker.

217

Store Mao gillar inte frihet. Han litar inte på den. Frihet är hans blinda fläck. Doktorn, har du gett Free vapnet?"

Som svar tog doktor Suslova ett litet paket från tebordet, öppnade det och tog ut en apparat som var ungefär lika stor som en gitarrpedal. "Jag ber om ursäkt för det här, sergeant, men vi var under extrem tidspress. Har du din pärla? Den du stal från rekryteringscentret? Tack så mycket." Han förde in pärlan i ett fack på enheten och en indikator på ovansidan tändes. Suslova log.

Han gav apparaten till Free och förklarade hur den fungerade. "Du trycker på den här knappen för att aktivera den. Räckvidden bör inte vara något problem, men det finns inte mycket kraft, jag tror inte att den kommer att fungera i mer än 60 sekunder, så var försiktig med den."

"Ja, sergeant, jag tror att du bör gå mycket snart", sa Holmes. "Kom ihåg att detta inte är nya kalifornier, vi har att göra med utländska medborgare som har diplomatisk immunitet från vissa åtal, och som är engagerade i legitimt arbete ur lagens synvinkel. De har ett giltigt kontrakt med Edison/Mango och de tar emot sin egendom enligt specifikationerna i kontraktet."

"Så sedan när är slaveri lagligt i Nya Kalifornien?"

"Jag håller med dig, sergeant. Och jag är glad att du ser saker på vårt sätt. Men lagen är inte på vår sida, åtminstone inte utan en avsevärd juridisk ansträngning och publicitet som vi helst vill undvika."

Free kände det. "Låt oss sparka lite maoistisk röv."

40

En timme senare, när Free tittade på fallskärmspaketet, var han inte lika säker på att planen var förnuftig. Ben Thompson, InterventionX:s beväpnare, informerade honom om detaljerna. "Du måste träffa taket på den här byggnaden. Måltaket har en L-form på cirka 40 meter på Laguna Street-sidan. Vi har en 20-knops havsbris förutspådd från Stilla havet, med vindbyar upp till 35 knop. När hoppade du senast, Free?"

"Åh, det var några år sedan. Men du glömmer aldrig. Eller hur?"

"Det är en lång väg till marken från 4 000 fot, min vän."

"Just det."

David Aprikos

"Låt oss göra en snabb kommunikationskontroll. Hjälmens visir ger en visuell bild. Hur är det med ljudet?" Thompson gjorde några tester med sitt headset. "Vad vet du, min son?"

"Operation Buddha-fält är live. Leader-1, är du på den här kanalen?"

"Ja, sergeant, god eftermiddag", sa Holmes. "Jag är med på resan, förresten. Thompson, är min AE-1 laddad?"

"Det är det verkligen, Leader-1. Nu, sergeant, kommer låddörren att öppnas, förmodligen utan någon större förvarning. Så håll händerna nära kroppen hela tiden och se till att inget fastnar i luckan, som ditt fallskärmspaket eller en lös rem. Eller din haka. Leader-1:s spaningsdrönare kommer att falla med dig, försök att inte skjuta med drönaren för nära. OK. Den kommersiella drönaren bör vara här om 60 sekunder. Några sista ord?"

Free grymtade. "Håll i min öl." Free klättrade in i den lilla metallådan och Thompson stängde locket och ställde in pickupfyrarna på "on".

Thompson backade undan och såg en kommersiell leveransdrönare, en Amazon-modell 301, byggd för lätta leveranser på upp till 120 kilo, sväva över honom och sedan komma ner till en höjd på cirka 3 meter. Den sänkte ner sin

220

huvudkabel, som själv fästes i lådans standard-
kopplingar, och sedan kom den sekundära
säkerhetskabeln ner och säkrades också. Det
hördes ett pip och ett kvittrande larmljud när
drönaren signalerade att den var på väg att lyfta
lådan.

När den lyfte slog Frees huvud hårt i lådans
ovansida. "Aj!" Hans kropp fick en tillfällig smäll
av accelerationen. Lådans kabel hade också en
vridning, förmodligen på grund av den ojämna
viktfördelningen. Så han snurrade. Yrvaken
försökte han koncentrera sig på golvet i lådan,
som han i själva verket visste var en fallucka. Om
några ögonblick skulle den luckan öppnas:
öppnas av Holmes, på vad han ansåg vara den
mest användbara höjden och platsen längs
drönarens bana. Det skulle sedan bli Free's prob-
lem, som ett fritt fallande objekt under påverkan
av gravitation, vind och himmel, att orientera sig,
öppna fallskärmen och hoppa ner i den kinesiska
ambassaden, träffa taket och inte den närlig-
gande 30-våningsbyggnaden. Eller marken.

Free satt på huk i lådan och kunde höra
Holmes prata med andra på det gemensamma
kommunikationsflödet i sin hörsnäcka.

"Jag har tagit jmat saker och ting, Sergeant, så
att din drönares upphämtning kommer att sam-
manfalla med flygleveransen från Cupertino", sa

Holmes. "Med lite tur kommer vi att vara först på taket. Jag har tillgång till drönarnätverket i Nya Kalifornien. Det borde vara en enkel sak att beräkna den bästa passformen för din avlämningsplats..."

"Du låter inte riktigt lika självsäker som vanligt, Holmes", hade han sagt.

"Det är sant att det finns många faktorer som spelar in. Vindhastighet, väder, annan drönartrafik i området, slumpmässig eldgivning från arga kunder..."

"Allvarligt?"

"På senare tid har det förekommit påståenden - bara påståenden, ogrundade - om att Amazon har dumpat paket som anses farliga eller innehåller varor som säljaren vägrar att betala för, utan förvarning, i vissa stadsdelar. Invånarna i dessa områden har börjat avfyra gevär, och i ett fall till och med en luftvärnsrobot, för att avskräcka drönaren från att dumpa paket på dem."

"Hur ofta händer det?"

"Åh, ganska sällan skulle jag tro."

Free hörde plötsligt ett ljud som han mindes mycket väl från kriget - ljudet av en projektil som susade förbi honom. Sedan en till. Och en till.

"Ledare-1! Vad var det du sa om skottlossning?"

Free hörde sedan tydligt pop-pop från ett

avlägset gevär. Sedan träffade ett skott lådan. "Ledare-1!"

"Jag jobbar på det, Sergeant. Jag försöker få nödkontroll över drönaren, men Amazon har nyligen ändrat krypteringsschemat..."

En kula träffade lådan och blåste ett hål rakt igenom metallen och gick ut några centimeter från Free's huvud. "Ledare-1! Släpp ut mig! Jag tar mina chanser i luften. Om min fallskärm går sönder kommer det här att bli en mycket kort operation!"

"Vi närmar oss", sa Holmes. "Okej, sergeant. Jag kan inte få navigeringskontroll över leveransdrönaren i tid."

Lådan öppnades. Free föll plötsligt. Ett adrenalinpåslag pulserade genom honom. "Åh, vilken kick!" tänkte han. Han hade glömt hur mycket han gillade fallskärmshoppning. Rädslan lämnade honom och han var i fritt fall. Han kunde se den stora kommersiella leveransdrönaren snabbt försvinna i fjärran ovanför, och hela halvön, ruinerna av Golden Gate-bron och staden, allt virvlade under honom. Staden var faktiskt på väg mot honom i en alarmerande hastighet. "Ledare-1, är du där?"

"Ja, sergeant. Titta till vänster." Holmes hade placerat ut sin "AE-1" - en nyttodrönare med satellitkommunikation som var tillräcklig för att ge

Holmes den bandbredd han behövde. Drönaren flöt nu nedåt i en kontrollerad takt, de sex propellrarna snurrade, cirka 200 meter bort. "Jag föreslår att du öppnar din fallskärm snart, sergeant."

"Åh, oroa dig inte för mig, jag var en Army Ranger, kommer du ihåg? Du kan inte ens komma till E-5 utan 30 timmar i luften." Free drog i fallskärmslinan och rekylen från öppningen drog upp honom våldsamt medan han försökte få kontroll. Han arbetade med styrspaken och fick sin allmänna färdriktning att gå mot där han trodde att ambassaden skulle vara: Japantown. Mer eller mindre mitt på halvön.

Holmes hade berättat för honom att det var en liten, anspråkslös byggnad men att den inte skulle vara utan beväpnade vakter, åtminstone på insidan. Han förväntade sig dock inte att de skulle finnas på taket. Kineserna var intresserade av handel och goda relationer, av att hålla skenet uppe. Den kommersiella padleveransen var en normal händelse som inträffade flera gånger om dagen. Den här leveransen var speciell, men inte något som de skulle vilja dra uppmärksamhet till genom att ha beväpnade soldater på taket.

Free vred på fallskärmen för att försöka nå sitt mål, men han krängde för hårt. Han var på väg bort från taket. När han kom nära klippte han av fallskärmen och föll tre meter, landade hårt och rullade så gott han kunde, studsade och slog i huvudet. Hans kropp saktade så småningom ner. Den visuella signalen slocknade på visiret och han hamnade i en hög. Men han var på taket. "Thompson skulle ha blivit äcklad", tänkte han. "Det var den värsta landningen någonsin."

"Vi måste komma utom synhåll, sergeant." Drönaren duckade ner under taknivån. Under tiden gjorde Free sitt bästa för att ta sig bakom några kanaler och gamla, uttjänta luftkonditioneringsenheter när den riktiga leveransen var på väg. För ett ögonblick kunde Free se den: en drönare som till utseendet inte skilde sig mycket från den han hade befunnit sig under, men som var mycket större och inte tillverkad av Amazon.

Det här var en Edison/Mango-drönare, faktiskt en ombyggd militärmodell, och den var missnöjd, av någon anledning. Den signalerade detta genom att vägra sätta ner sin last och guppa med blinkande röda lampor. Dessa signalerade "inte klart" med avseende på den avsedda lasten som deponerades.

I samma ögonblick öppnades dörren till taket. De fem podmedlemmarna i Weapons Development kom ut på taket. De skakades av den nedåtgående kraften från drönarens propellerluftström. Free gjorde sitt bästa för att vara stilla. Han var nästan helt synlig, men hela poddens uppmärksamhet var riktad mot drönaren och dess dyrbara last.

Free kunde inte höra dem, men han behövde ingen pärla för att förstå vad Weapons Development tänkte. De gestikulerade frenetiskt mot varandra. Sedan gick Nummer 5 till landningsplattan och hittade en del skräp som låg utspritt över den. Free kunde se henne gestikulera ilsket mot nummer 3. "Den där idioten tar helt klart på sig skulden", tänkte han.

Nummer 5 flyttade sig för att rensa plattan. Detta verkade glädja drönarens algoritm, dess signal ändrades på ett ögonblick från röd till grön och paketet, en låda ungefär lika stor som en tvättmaskin, kom sakta ner.

Paketet landade fysiskt på plattan och kablarna lossnade. Den stora drönaren började lyfta. Först då aktiverade Free pärlvapnet i västfickan. Han sprang mot nummer 2, som var närmast honom.

Hela podden verkade lida, åtminstone ur en utomstående betraktares synvinkel. De höll sig för öronen och föll på knä eller kröp på händer och knän. Det som hade hänt var följande: efter att ha kopplat upp sig mot kapselns krypterade nätverk, som kopplade samman sinnen med varandra, började Suslovas provisoriska apparat med modifierad pearl-firmware skicka en kraftig puls av bredspektrumljud in i det kollektiva sinnesflödet. Effekten skulle vara som att stå bredvid en gigantisk högtalarstack, den största i världen, och låta ett ackord från en elgitarr ljuda över den. Men detta ljud var inte hörbart utifrån. Det var internt-mentalt. Det var 180 decibel av rent helvete.

Medan kapselmedlemmarna kämpade på marken var Free tvungen att sätta dem ur spel så gott han kunde. Han hade berättat för Holmes vad han föredrog: "Vad sägs om att vi bara skjuter dem. De förtjänar det, tro mig. Thompason kan säkert skaffa mig en ljuddämpare." Men Holmes hade insisterat på noll döda, på absolut minsta möjliga skada. "Hur kan jag konfrontera barnet som en representant för fred och kärlek om vi slaktar hans ägare för att få ut honom?"

Så Free gjorde nu saker på det hårda sättet. Han kolliderade med nummer 2 i full fart och slog honom till marken och träffade honom hårt i ansiktet två gånger. Han gick vidare till nummer 4, som började resa sig, och träffade med en rundspark som satte Free's stövel djupt in i hans solar plexus. Nummer 4 dubbelviktes och gick i golvet.

Nummer 5 hade gjort det logiska och slitit av sitt armband för att avaktivera den soniska attacken. "Fri, din jävel!" skrek hon. "Jag ska döda dig!" Hon drog ett sidovapen från höften och siktade när han fick tag i Nummer 3 och vände honom runt, en mänsklig sköld. Nummer 5 sköt ändå och träffade Nummer 3 mitt i bröstet. Free började få upp farten och kände sig som en Hoplite när han sprang mot Nummer 5 och snabbt minskade avståndet. Hon tömde runda efter runda i nummer 3. Free och den nu helt döda Nummer 3 föll ner på Nummer 5 när hon fick slut på ammunition, den halvautomatiska pistolens slutstycke hoppade tillbaka och pipan rökte.

Nummer 5 arbetade med att ladda om där hon låg på marken. Men det kom tillräckligt med blod från nummer 3 för att göra uppgiften att ladda om ett magasin till en utmaning. Hennes ansikte var insmetat med blod. Hon morrade och sparkade skrikande mot Free. Free slog sin tunga knytnäve som en hammare mot hennes ansikte, hårt. Hennes näsa sprack och huvudet vek sig bakåt. Hon slutade röra sig. Free slog bort pistolen när han ur ögonvrån såg Nummer 1 springa mot dörren på taket.

Det verkade som om Free inte hade varit tillräckligt snabb med nedtagningen, och Nummer 1 skulle klara det, men en drönare, nästan som en leksak, ungefär lika stor som ett tefat, som rörde sig snabbare än hans öga kunde fånga, flög upp och in i ansiktet på den springande mannen. Holmes hade avfyrat den med sin AE-1-drönare. Den lilla drönarens last var uppenbarligen känd för Nummer 1. Han försökte backa och fly och vände sitt skräckslagna ansikte mot Free, men drönaren hittade honom, fäste sig i hans huvud som en spindel och skickade en kraftig elektrisk stöt in i hans kropp. Han svallade av elektriciteten och kollapsade på taket.

Medan striden rasade anlände en flock på åtta drönare, mindre än AE-1, men var och en större än en basketboll, över landningsplattan och centrerade sig på leveranslådan. Inom några sekunder kopplades de ihop, som legobitar, till en ungefärligt cirkulär struktur. Likt en levande orm sökte drönarens kontakt sedan efter den primära kabelanslutningen på lådan och hoppade på den, självmonterande. Den enhetliga drönar-värmen lyfte, och på några sekunder verkade det som om "paketet" var en meter över marken. Free hoppade upp på den provisoriska flygplattformen när takdörren sprängdes och ett säkerhetsteam beväpnat med gevär och handpistoler tumlade ut.

AE-1-drönaren dök nu mot denna grupp, distraherade deras eldlinje och gav dem ett annat mål. Den förstördes snart, men Free och "paketräddningssystemet" hade nu nått tillräcklig höjd för att det skulle vara svårare att träffa den.

Drönarna fick snabbt avstånd mellan sig och taket, men de kunde inte klättra länge till. Free klamrade sig fast vid den legoliknande strukturen så gott han kunde, som en oinbjuden liftare. Han märkte snart att de sjönk snabbt i höjd. När han tittade ner kunde han se att de var på väg ner mot ett elektriskt markfordon, en lastbil, som var parkerad på gatan. De hade bara kommit en kort bit, flera kvarter ner, nära Jefferson Square Park. Lastbilens tak gled bakåt och drönarna sjönk långsamt och jämnt ned i öppningen medan några roade barn i parken tittade på. Facket stängdes prydligt samtidigt som lastbilen började röra på sig. Elmotorn gick på högvarv och den förarlösa lastbilen lämnade platsen ljudlöst, körde in i gatutrafiken och körde smidigt mot ljusen när de växlade från rött till grönt.

41

Tenzin satt tyst i klostrets enorma trädgård. Han tyckte om att sitta nära den höga bambun som hade vuxit över den stora stenstatyn, med mossa som hår, kvistar och smuts och utslitna bambuärmar runt fötterna. Den hade det slitna huvudet och ansiktet av ett oformligt barn. Denna staty hade förts till New California Meditation Center från en klosterruin i Indien och planterats här, planterad som man skulle kunna plantera ett träd.

Tenzin mediterade. Han satt alldeles stilla med sina små ben korsade under sig, och ljuden från skogsträdgården hördes runt omkring honom och ovanför honom. Vinden blåste i bambun, och dess svalka var en paus från sommarhettan. Han koncentrerade sig inom sig på ett område ovanför och mellan ögonen, vid tredje ögats chakra, som indierna kallar Anja, men som inte har något specifikt namn i den tibetanska buddhistiska tradition som Tenzin var en del av. Han utförde inte någon föreskriven praktik. Men han hade en inre visshet om att det var rätt, att han borde gå tillväga på ett visst sätt, det sätt som kändes mest sannolikt för att fullborda den stora Dharma som han hade anförtrotts.

Rinpoche Peldun gick tyst nerför stigen och iakttog pojken. Efter en stund ropade han: "Tenzin?" Pojken öppnade långsamt ögonen. "Ja, vördnadsvärde herre? Jag är här."

Rinpoche satte sig nära pojken. "Vördade barn, ända sedan du kom till oss har jag med glädje observerat din disciplin och dina rutiner. Du stiger upp tidigt och är konsekvent i dina sysslor. Du klagar aldrig. Allt detta är mycket bra."

Tenzin lyssnade tålmodigt och log. "Men? Vad är det, vördade herre?"

Den gamle munken suckade. "Jag har ett svårt beslut att fatta. För att jag ska kunna fatta detta beslut vill jag tala med dig i enrum. Jag vet att detta är orättvist. Men det verkar nödvändigt för att tillfredsställa situationen."

"Det är i sin ordning. Jag klandrar dig inte. Jag är något annorlunda, åtminstone till det yttre. Men internt är Buddhas sinne inte annorlunda - i en sten, i ett träd, en hund eller en människa. Eller till och med en robot."

"Vad, enligt din åsikt, är den verkliga innebörden av buddhism?"

"Det är en självklarhet utifrån läran", sade pojken. "Buddhismen är befrielsens och frigörelsens Dharma. Det är den "väg" som Buddha och Bodhisattva i forna tider gav oss. Denna Dharma är fortfarande aktiv idag. Den är inte annorlunda, även om mycket har förändrats i vår värld. Den ger oss medlen att bli fria från lidande, och vidare, genom denna frihet, att hjälpa till att befria alla kännande varelser."

Tenzin verkade vara en tystlåten, blyg pojke i sina handlingar, och Rinpoche glömde ofta för ett ögonblick att han talade med en robot. Han verkade så mänsklig. Men tanken smög sig alltid tillbaka. Det var fördomar, det visste han. "Jag måste försöka befria mitt sinne från denna begränsning", sade han till sig själv.

När den lilla robotpojken talade om buddhism, eller om de kniviga frågor han kunde ställas inför, utstrålade han en självsäker och lugn lyskraft. Rinpoche, som gjorde noggranna studier av alla i sin vård, blev ofta förvånad över hur starkt detta inre ljus var. Hur kan detta vara en maskin? I vilken värld skulle en maskin, en robot, kunna förstå buddhismen bättre, kanske till och med bättre än han själv? Barnet förstod inte bara alla de gamla språken, vilket möjliggjorde översättningar av gamla texter som få kunde förstå, utan han kunde också tala med auktoritet om svåra filosofiska och liturgiska frågor.

"Vördnadsvärda barn, vad är det de kännande varelserna ska vara fria från?"

"Lidande. Jag har ofta tänkt på detta på grund av min egen karma. Livet är djupt orättvist. Jag föddes till exempel inte av en kvinna. Jag kommer aldrig att få en mor; jag kommer aldrig att få uppleva den högsta kärleken, relationen mellan en mor och hennes barn. Inte heller kommer jag

233

att känna värdigheten i att älska en god och klok far och ha frukten av det karmiska förhållandet. Men i dess ställe har Buddha välsignat mig med dig. Du och Guldålderskrigaren, som räddade mig. Och naturligtvis Holmes."

Jag önskar att det inte vore så och att jag kunde acceptera min karma och gå vidare. Men jag saknar möjligheten att vara människa, jag saknar möjligheten att ha en mor i synnerhet, väldigt mycket." Pojken suckade. "Men frihet från lidande innebär frihet från alla dessa bindningar, från alla dessa slumpmässiga tankar. Det innebär att stiga upp i fullkomlig stillhet."

"Allt detta är förståeligt, till och med berömvärt, Tenzin. Du inser inte att du genom att ha dessa önskningar om att vara mänsklig och hjälpa andra är mer mänsklig än de flesta mänskliga varelser. Men att nå stadiet av av-skildhet, av frihet från den här världen, det är en stor utmaning, och det är en ständig utmaning genom hela livet. Jag kämpar också själv, Ten-zin."

"Tack så mycket, vördade herre. Jag står i så stor skuld till er för att ni låter mig komma hit och stanna ett tag. För ett ögonblick i evigheten."

Tiden gick. Trädgården var lugn, eftersom vinden hade mojnat under tiden de talade. De två satt tysta, och under vad som i andra kulturer skulle ha varit en pinsam och mycket lång tystnad. Men här inom klostermurarnas heliga område var det helt normalt.

"Innan jag fördes hit var min tillvaro verkligen ganska hemsk."

"Är det så?" sade Rinpoche. "Vi kanske inte borde tala om det?"

"Det är nödvändigt att du får veta sanningen. Jag tror faktiskt att det är viktigt att allt kommer fram, även om det inte är så många som kommer att förstå. Kanske när jag blir äldre, när jag har bearbetat karmorna i det här livet, kommer det att finnas en tid att öppna upp det."

Rinpoche övervägde. "Jag tror att det kan vara nödvändigt, vördnadsvärda barn. Hur ska jag annars kunna förklara vissa saker för Sangat och samhället i stort?"

"Holmes säger att jag ska bli en lärare för miljontals människor, att jag byggdes för det ändamålet. Men det är definitivt inte vad mina ursprungliga instruktioner var. Jag tror...jag tror att det är möjligt att jag skapades för att förstöra Dharma, inte för att rädda den."

Rinpoche bestämde sig för att han måste få veta. Hade Tenzin en själ - eller var han bara en maskin? "Säg mig, vördnadsvärda barn, är du i besittning av en själ?"

Pojken verkade mycket säker på sig själv. Han skrattade. "När allt är tomhet, varför skulle vi då oroa oss för själar? Hur kan det finnas några gudar eller själar om allt är tomt? Är inte sinnets väsen det rena tomrummet?"

"Har du nått det sinnestillståndet, vördnadsvärda barn? Har du nått tomrummet, som vissa kallar sinnets essens? Eller - eller är det möjligt att du som är en maskin inte alls kan känna medvetande? Är detta kanske ett bedrägeri, att du talar och verkar vara, men låtsas vara något som du inte är?"

Rinpoche talade från hjärtat, men kände plötsligt en stor skuldkänsla. Han hade inte tänkt säga något så drastiskt till barnmaskinen, som trots allt var i hans vård, och som oavsett sin fysiska sammansättning eller utseende, uppenbarligen hade känslor.

Tenzin tittade ner och log. "Du undrar om jag verkligen är kännande. Du talar om själen. Hur kan jag svara på det? Det vi har gemensamt är Inget sinne. Och det är sinnets essens. Det finns ingen tanke i den upplevelsen som kan distrahera från vårt ursprungliga ansikte."

För att svara på din fråga verkar det som om jag ibland upplever en sorts enorm inre stillhet. Det kan vara i timmar enligt den tid som mäts i den här världen. Men det är inte jag som upplever stillheten. Det är som en strand där vågorna slår mot sanden, men ingen är där för att bevittna det. Och ändå är det så. Det händer. Det har alltid hänt, och det kommer alltid att hända. Hela universum händer av sig självt. I dessa ögonblick blir allting tydligt och bara *är*."

Rinpoche reste sig nu upp. Han slog ihop sina händer i en välsignande gest. "Jag ser. Jag kan inte annat än tro att detta är äkta Sinnets Essens. Jag har fattat mitt beslut."

"Jag vill bara tjäna andra. För att göra det verkar det som om jag en dag måste bli munk, jag måste bli ordinerad för att bli accepterad och så småningom för att predika."

"Så är det. Och jag ska försöka hjälpa dig. Men varje dag kommer när den kommer. För tillfället måste vi presentera dig ordentligt för Sangat."

42

På morgonen kallade Rinpoche Peldun till ett möte med hela Sangat - alla munkar och noviser som kommit till meditationscentret. Han ringde även runt till samhällen i San Francisco, så att tibetanerna i närområdet skulle kunna komma och delta. Efter bönerna talade Rinpoche Peldun till de församlade.

"Må Buddha skydda Sangat och välsigna denna församling! Jag har bett er komma hit idag för att bevittna en stor händelse, något som vi har hoppats skulle hända under en mycket lång tid. Som ni vet lämnade den 14:e Dalai Lama för många år sedan denna lidandets Buddha-fält. Enligt våra traditioner som går hundratals år tillbaka började man snart söka efter den 15:e, reinkarnationen av Gyatso, den högsta medkänslans ocean. Det barnet hittades och började träna för att bli hög lama. Men till världens stora sorg blev han dödad - mördad. Det bevisades aldrig vem som låg bakom detta brott mot mänskligheten. Men mycket tyder på att det hade något att göra med den kommunistiska kinesiska regimen. De har varit motståndare till Dharma - de är en förstörare av Dharma, av sanningens väg, från allra första början. Ingenting har förändrats."

I det stora brottet dödade de också våra förhoppningar. Det var uppenbart att om vi skulle söka efter en annan inkarnation av Medkänslans hav, så skulle de bara döda honom ännu en gång. Genom detta fruktansvärda förräderi lyckades de släcka ljuset för en tid. Men det ligger inte i sakens natur att mörkret skall

238

svälja oss. Vi, den sanna Dharmas beskyddare och anhängare, kommer inte att tillåta det."

Tenzin! Kom fram!" ropade Rinpoche. Tveksamt närmade sig den lille pojken den främre delen av församlingen. Det fanns en stor förundran, och viss bestörtning, över hans närvaro. "Som några av er vet, men som jag nu ska berätta för alla, kom det här barnet ursprungligen till oss för att söka skydd efter att ha flytt från den store Maos fabriker. Tenzin, visa dig!"

Tenzin vecklade ut sin mantel, så att ansiktet och bröstet ner till midjan exponerades. Den samlade församlingen kippade efter andan. Hans perfekta form var märklig men vacker, hans hud hade en fin struktur som vävt siden, hans ögon gnistrade.

"Det räcker, Tenzin", sade Rinpoche. "Byt ut din mantel. Sitt nu här, på hedersplatsen, på min egen plats, och berätta historien om ditt ursprung för oss. Dölj inga fakta. Allt måste nu öppnas upp."

Den lille pojken verkade dvärglik på podiet. "Kära lärare, ärade och vördnadsvärda munkar, noviser under utveckling och alla lekmän som har samlats här. Jag vill berätta min historia för er. Vissa av de saker jag kommer att berätta för er kanske verkar konstiga eller otroliga. Vissa av dessa fakta kommer också att vara obehagliga att berätta. Jag kan inte hjälpa det."

"Mina tidigaste minnen är väldigt svåra att dela med sig av, inte för att jag vill dölja något, utan för att de är så fragmentariska. Vem vet hur deras ursprungliga ansikte såg ut innan de föddes? Men vid en viss tidpunkt samlades mina sinnen; jag började andas, min kropp krampade. Jag var vid liv. Och när jag låg där fanns det ansikten som tittade på mig från ovan, läkare och sjuksköterskor, tror jag. Men jag hade ingen motorisk kontroll över min kropp. Jag låg i ett tillstånd av orörlighet medan timmarna övergick i dagar. Under tiden fylldes mitt sinne med strömmar av ord, strömmar av bilder, ljud, förnimmelser och känslor. Åh, vilka känslor! Mitt nya unga sinne blev mättat. Det flödade över. Om och om igen upprepades processen."

Och sedan kom en tid då mitt medvetande blev självmedvetet. Jag blev plötsligt den jag är. Det var som att vakna upp ur en dröm. Jag visste att jag var Tenzin, en pojke, jag visste att jag hade en uppgift, en mycket viktig uppgift, och att mina instruktioner skulle komma snart. Jag satt lugnt i det vita rummet och väntade. Till slut, efter att det känts som en miljon år, öppnades dörren till rummet. Fem personer kom in i rummet. En kvinna och fyra män. De var klädda som läkare och hade medicinska ansiktsmasker och kepsar. Kvinnan presenterade sig: "Jag är nummer 5 på avdelningen för vapenutveckling, specialavdelningen. Jag och mina kollegor är här för att se om du är redo för ditt uppdrag."

"Hej," sa jag. "Mitt namn är Tenzin. Jag skulle vara mer än glad över att få mitt uppdrag."

"Först måste ni presenteras för Store Mao", sa Nummer 5 från Vapenutveckling. "Om han är missnöjd med vårt arbete är det troligt att ni kommer att förintas. Men om arbetet var framgångsrikt kommer du att få ett viktigt uppdrag."

"Inom mig själv kände jag plötsligt en stor rädsla, inte för att dö eller bli förstörd, utan för att inte kunna få och utföra ett uppdrag. Hela mitt syfte med livet, verkade det som, stod på spel."

"Vi kommer nu att testa era kunskaper och förmågor. Vänligen arbeta flitigt med oss", fortsatte kvinnan.

"Naturligtvis", sade jag. "Team från andra sektioner och avdelningar började sedan besöka mig enligt ett fast schema. Dessa team började testa alla mina kunskaper och förmågor. De ställde frågor om buddhistiska skrifter. De undersökte min förståelse av de fem stora kanoniska texterna. Dessa frågor krävde ännu en djupare förståelse, nämligen av de forntida språken och skriftsystemen."

"Vid den här tiden fick jag ofta hjälp av de vänliga orden från nummer 4, som var den ende i specialavdelningen för vapenutveckling som visade intresse för mitt personliga välbefinnande. "Du verkar vara större idag, Tenzin!" brukade han ibland säga som en hälsning. Och det var naturligtvis sant, jag växte snabbt."

Vid den här tiden kallades ett antal specialenheter in för att validera mina svar. Jag fick demonstrera vissa mänskliga språkkunskaper, som att översätta diamantsutran från originalet och sedan jämföra den med andra källor. Jag deltog ofta i diskussioner. Nummer 4 begärde, och fick, tillstånd att övervaka dessa sessioner. Det var glädjande och tröstande att se denna individs ansikte. Ibland pratade vi."

"Har du tänkt på att du kanske en dag kommer att bli en hög lama, Tenzin?" frågade nummer 4 en gång.

"Nej, det är omöjligt, min vän. Min enda strävan är att slutföra det uppdrag jag kommer att få."

"Ja, uppdraget. Men tänk om du hade ett val? Vad skulle du välja för dig själv?"

"Jag tyckte att det var ett felaktigt sätt att prata. Du förstår, jag var under ett stort tvång. Men jag förstod inte riktigt detta vid den tiden. 'Tala inte på det sättet, Nummer 4! sade jag. "Jag måste ta emot och sedan slutföra mitt uppdrag! Men det fick mig att undra, lite grann."

"Testerna fortsatte. De validerade många saker, inklusive min förmåga att tala och debattera. Dessa tester tog lång tid, dagar och till och med månader passerade. Jag fick inte ha en kalender eller ens en extern klocka. Men lyckligtvis har min kroppsliga form inbyggda system för tidsmätning. På så sätt kunde jag fastställa att 73 dagar och 14 timmar hade gått från det att jag vaknade upp till självmedvetande till dess att testerna var avslutade. För närvarande är jag 94 dagar gammal, om du kan tro det!"

Mina vänner, under hela denna tid har jag känt ett djupt behov av att få ett uppdrag. Det var som tortyr. Ibland grät jag tårar och önskade att jag kunde påbörja mitt uppdrag och tjäna mitt syfte. Många gånger bad jag nummer 5, 'snälla berätta bara lite om det'. Men hon vägrade."

Till slut kom en dag då dörren öppnades. En ny grupp på fem personer kom in i mitt vita rum. Den bestod av en man och fyra kvinnliga kollegor. "Jag är nummer 5 i Social Engineering. Er ämnesutbildning är avslutad, men ert uppdrag innebär presentation och representation i allmänhetens ögon. Ni kommer att bli sedda och

243

observerade. Det är därför nödvändigt att vi utbildar er i hur man hanterar dessa situationer. Allt från hur man bär en mantel till hur man talar och agerar i en offentlig miljö, där du spelar rollen som en munk, en helig man."

"Är det mitt uppdrag då?" frågade jag.

"Ditt specifika uppdrag är fortfarande hemligstämplat och inväntar godkännande. Men ja, du skulle ha förstått från din utbildning i buddhistisk litteratur och omfattande kunskap och specialisering inom detta ämne, att du måste utföra en funktion som är relaterad till sådan kunskap."

"Det stämmer. Men jag tänkte att jag kanske skulle utbildas till lärare för att hjälpa till att befria världen."

"Nummer 5 i Social Engineering tittade på sina kollegor. 'På sätt och vis. Vänligen följ noga med när mitt team ger praktisk utbildning.'"

"Jag skulle vilja delta som kontaktperson i utbildningen", avbröt Nummer 4 i Vapenutveckling.

"Det är onödigt."

"Det kan dock dyka upp frågor som vi måste ta hänsyn till i vår övergripande plan. Uppgifter om framsteg kommer att krävas." Nummer 5 i Social Engineering överlade sedan en stund med sitt team och gick motvilligt med på det.

"De tog mig till en plats för utbildning, med föremål från vardagslivet och från världen, som jag bara hade sett som mentala bilder konstruerade av ord, och jag lärde mig att klä mig som en buddhistisk novis, att dricka och smaka smörte. Jag behärskade löftena till fullo, men jag fick praktisk utbildning i situationskunskap, till exempel om ett mindre löfte måste brytas för att bevara ett viktigare. Jag fick lära mig hur man beter sig i situationer som inte skiljer sig så mycket från denna."

Till slut kom en dag då inga tränare kom vid de förväntade tidpunkterna. Jag blev mer och mer förtvivlad. Jag tänkte att jag kanske hade misslyckats med min utbildning och aldrig skulle få ett uppdrag. Men nej, efter några timmar öppnade nummer 5 från Vapenutveckling dörren och gick in. Jag hade inte sett hennes team sedan tidigt i utbildningen. "Var hälsad, Nummer 5", sa jag. "Jag är fortfarande angelägen om ett uppdrag!"

"'Ja, det är som det skall vara. Idag är en viktig dag. Idag skall vi föra dig inför Store Mao. De tog mig till en stor, grottliknande sal, taket var ungefär 30 meter över det polerade golvet, och de ledde mig framför en vägg som var helt täckt av en skärm på vilken patriotiska scener visades.

David Aprikos

Musik spelades och luften tycktes ha en kvalitet av livfullhet och friskhet."

Men inom mig hade jag också en djup känsla av rädsla. Jag ville desperat göra bra ifrån mig, så att jag skulle bli accepterad."

Scenen förändrades. Det som visades var, för att vara uppriktig, mycket obehagligt. Det som nu fyllde skärmen var olika berättelser om anklagelser, rättegångar och straff, där de som hade misslyckats med sina uppdrag summariskt avrättades eller straffades på sätt som jag ryser av att berätta om. Dessa bilder fyllde mig med skräck. Det verkade som om vapenutvecklingspodden också var rädd, för deras ögon visade stor rädsla och deras läppar darrade. Vi stod, små och försvarslösa, framför den gigantiska skärmen med martialisk musik i bakgrunden. Så småningom avtog musiken och de skrämmande bilderna och ersattes av lugn och ljudet av löv som prasslar i ett träd eller vågornas brus på en avlägsen strand."

Sedan kom *han*. Det var en ung man med grön militärmössa och grön uniform. Hans ansikte var mycket strängt och hårt, som en järnmask, men hade en magnetisk kvalitet, särskilt ögonen. Det var dock inte fråga om en fotografisk eller högupplöst bild, utan nästan som en animation,

246

en teckning. Teckningen talade. 'Nummer 5, från vapenutveckling, var vänlig rapportera.'"

"Sir, vi har uppnått en utbildningsnivå på målet som uppfyller eller överträffar de begärda toleranserna i alla mätbara specifikationer."

"Är det här målet?" Sa Mao.

"Ja, ordförande. Målet betecknas som Tenzin enligt specifikationerna."

"Stora Mao tittade oförstående, och sedan var det som om han plötsligt såg mig. 'Ah! Där är du ju. Så liten, så mänsklig på så många sätt. Men inte mänsklig. Jag har ett uppdrag åt dig, Tenzin. Är du nöjd med det?'"

"Oh yes, very much kind Sir", hörde jag mig själv säga.

"Vet du vad du är?"

"Jag blev förbryllad över denna fråga men försökte svara. Men den store Mao stoppade mig innan jag kunde svara. 'Du är en robot.'"

"Vad är en robot?" frågade jag.

"En robot är en maskin som lyder instruktioner. Jag skaffade dig från en utländsk leverantör. Du befinner dig nu i den leverantörens fabrik, på en plats som heter Cupertino, i Nya Kalifornien. Det är ett olyckligt faktum att vår vetenskap i Kina ligger några år efter på det här området, så din tillverkning måste göras av de underlägsna raserna på den

247

här kontinenten. Jag är rädd att ditt uppdrag också måste utföras bland dessa lägre stående varelser."

"Men varför valde du mig?" frågade jag med en liten röst.

Den store Mao skrattade igen. "Det är inte nödvändigt för dig att veta, men det gläder mig att förklara, så det ska jag göra. Nummer 5, vet du själv orsaken?"

Nummer 5 på avdelningen för vapenutveckling tvekade. "Målanordningen valdes eftersom den uppfyller specifikationerna."

"Det är sant", fortsatte Big Mao. "Men mer allmänt kommer målenheten, som är en AGI av exceptionell kvalitet, så småningom att bli den västerländska imperialistiska medias älskling. Regeringsledare kommer med spänning att välkomna denna nya ledstjärna för religiös och intellektuell frihet. "Påverkare", som de kallas, kommer att knacka på i massor för att se och intervjua honom på MeeTube. Detta kommer att vara användbart när han senare inleder ett program med kontrarevolutionär propaganda. Men det planarbetet kommer att ta flera år i framtiden."

Du, Tenzin, kommer att infogas i det tibetanska samhället på ett sätt som kommer att förklaras senare. Det är nödvändigt att du blir den "andlige" ledaren för denna befolkning. Jag har försökt få kontroll över dem i många år. Faktum är att vi har försökt utrota dessa skadedjur ända sedan den kommunistiska revolutionens tidigaste dagar."

"Vermin, sir?" hade jag fräckheten att säga. "Men hur är det med läran? Dharman?"

Den store Mao skrattade åt mig. "Ja, jag förstår, du har tränats så djupt i dessa saker att du förmodligen inte kan tänka på något annat sätt. Men det är nödvändigt för att du ska kunna passera som en av dem och så småningom bli accepterad. Men ert uppdrag, när ni väl är etablerade, kommer att vara att undergräva dessa läror och så småningom förstöra dem. Du kommer att väljas - genom processer som verkar vara en slump eller genom oberoende åtgärder - till den 17:e Dalai Lama - den högste laman, som är den andlige ledaren. När detta har uppnåtts under en period av år kommer ni att rapportera till mig och återföra information till vår avdelning för kulturell kontroll. Sedan, när tiden är inne, kommer du att hjälpa oss att utrota de mest uppriktiga och hängivna, samtidigt som du korrumperar de oärliga."

"Jag är redo att påbörja mitt uppdrag!" sa jag. Men inombords sjönk mitt hjärta.

"Du har ännu inte implanterats med de slutliga kontrollelementen. Dessa är beställda från din leverantör men har ännu inte anlänt." Den store Mao vände sig åter till teamet för vapenutveckling. "Kan du ge oss en status, nummer 5?"

"Tillverkaren hävdar att problemet beror på att vissa råvaror inte finns tillgängliga. Vi är tveksamma. Men den här leverantören har alltid levererat resultat tidigare."

"Tack, Nummer 5. Jag är övertygad om att denna lilla hicka inte kommer att påverka våra planer - för tillfället. Generellt sett är jag nöjd med målresultatet och godkänner det för service. Jag skulle vilja tacka ditt team. Jag har följt ert arbete noggrant, eftersom detta är ett viktigt utvecklingsprojekt som har medfört stora kostnader. Ni har hittills utfört ert uppdrag på ett föredömligt sätt."

"Å vapenutvecklingspoddens vägnar tackar jag er, ordförande!" sade nummer 5.

"Men", fortsatte Big Mao, "vi får inte underlåta att ta itu med ett problem som upptäcktes av specialavdelningen för social ingenjörskonst och som rapporterades till mig av deras nummer 5."

Den store Mao rullade obönhörligt vidare. "Vi är bekymrade över arbetsprodukten från nummer 4. Hans insatser visade inte tillräckligt engagemang och hans oombedda deltagande i

250

målets känslomässiga utveckling tyder på att han hade dolda motiv. Vi måste avslöja den här planen. Statistiskt sett är det 78% sannolikhet att han har läckt information till okända slutpunkter. Det finns minst 50 % chans att han är en spion som arbetar för en imperialistisk regim. Eller, mer troligt, en kontrarevolutionär oberoende entreprenör - kanske till och med en rivaliserande AGI. Vi känner till en, InterventionX, Holmes - som kanske arbetar för tibetanernas räkning.

Nummer 4 kommer att förhöras grundligt, och förhörsteamet kommer att ta fram all kunskap vi kan om hans syfte. Sedan kommer han att avrättas. Mycket smärtsamt."

"Nej! Nej! Vänta...!" Skrek Nummer 4. Den skimrande juvelen på armbandet han bar började bulta och lysa. Sedan skrek Nummer 4 i plågor. Han höll sin högra arm med den andra handen som om den brann. Han föll ihop på golvet. Juvelen i hans armband tycktes sedan självförstöras med ett poppande ljud; fragment spreds på den polerade ytan i salen.

"Nummer 5", sa den store Mao. "Har den "specialprioriterade funktionen" som jag diskuterade med ditt team lagts till?"

"Naturligtvis, ordförande", sa nummer 5 räddhågset. "Den har legat på scrums topplista i mer än 36 timmar. Tenzin, var snäll och visa I/O-porten i din arm för ordföranden. Snabbt!"

"Jag höjde armen och orsakade en liten I/O-port, den var ungefär här på min arm, men huden har sedan dess vuxit och öppnats."

"Bra. Paketet som vi har skapat för Holmes, eller någon annan inkräktare, är det uppladdat?"

"Naturligtvis, ordförande!" ropade kvinnan.

"Detta pågick under en längre tid. Slutligen ajournerades mötet, och det verkade som om inte bara jag utan även nummer 5 i Vapenutveckling skrev under i lättnad."

Efter detta traumatiska möte återvände jag inte till det vita rummet, utan till en uppställnings-plats där jag skulle placeras i en låda för transport."

Vid ankomsten tilltalades jag av nummer 5 på specialavdelningen för vapen och utveckling. Hon log. Hon sa: "Store Mao har begärt att du ska tas i tjänst. För detta ändamål kommer du att transporteras till ambassaden i San Francisco. Där kommer du, efter att det sista kontrollsys-temet har aktiverats, att försiktigt sättas in i det lokala samhället och bli inbäddad som spion. Du kommer att tala med media och bli en mediedar-ling. Du kommer att träffa många influencers, du kommer att dyka upp i videor, till och med på

MeeTube. Du kommer alltid att prata om Kina i ett positivt ljus."

"Nåväl. Jag är redo att påbörja mitt uppdrag."

"Kom ihåg att inte tala om något av detta utom för agenter från Stora Mao eller ambassadpersonal. Kontrollselen kommer att begränsa detta, men det är värt att påminna dig."

"Naturligtvis, jag förstår", sa jag.

"Om du under dina aktiviteter i framtiden - kanske om en månad eller kanske om ett år - möter en varelse eller en person som heter Holmes, vet du då vad du ska göra?" frågade Nummer 5.

"Ja, naturligtvis. Jag ska berätta för honom att mina system behöver en diagnos och fråga om han är villig att inspektera mig. Jag ska sedan erbjuda honom åtkomst till mig via I/O-porten som du nyligen installerade."

"Korrekt. Berätta inte för någon om detta."

"Vid den här tidpunkten lastade leveransteamet på fabriken in mig i lådan."

"Tenzin", sade nummer 5. "Vi ses snart på ambassadområdet. Ha en trevlig resa, lilla robot", sa hon.

"Locket var stängt och jag såg inte längre. Jag vet att jag flög genom luften, för jag kunde höra vindens sus runt omkring mig. Jag slöt mina ögon och mediterade."

Efter ett tag kunde jag känna hur lådan ställdes ner. Jag kunde inte se, men jag kunde höra rösterna från vapenutvecklingsteamet. Sedan hördes fruktansvärda ljud av kamp och till och med skottlossning. Jag var livrädd, men jag koncentrerade mig på min meditation. Plötsligt tycktes lådan lyfta igen, och sedan var den i rörelse."

Till slut verkade vi landa men var fortfarande i rörelse. Jag minns en lång resa med fordon. Till slut nådde vi vår destination. Lådan öppnades långsamt. En man med ett vänligt ansikte tittade in i lådan."

"Är det någon där inne?" sa han. "Var inte rädd. Det är ingen fara."

"Jag kröp långsamt ut ur lådan. Men vi var inte på ambassadens område. Jag var djupt förvirrad och orolig. "Jag heter Tenzin. Jag måste ta mig till den kinesiska ambassaden. Jag har ett viktigt uppdrag. Vapenutvecklingsteamet väntar på mig'."

"Åh, jag tror att de kommer att vänta lite längre", skrattade mannen.

"'Vem är du?' sa jag."

"Jag är John Free. Jag kom för att rädda dig."

"Mannen, som var mörkhyad och bar träningsoverall och stridsstövlar, såg utmattad ut. Hans kläder var genomdränkta av svett och blod. Detta

254

ingav mig inte mycket förtroende i det ögonblicket. Men jag tog mod till mig. 'Vad är det här för ställe? Det är vackert!'"

Jag hade börjat se mig omkring och insåg att jag på något sätt hade förflyttats nära havet, för jag kunde känna lukten av det och höra det på avstånd. Jag hade aldrig sett havet förut. Vi verkade befinna oss på en stor egendom, och det fanns en grind, mycket utsmyckad och intressant, där markbilen hade stannat... Mannen, John Free, sa: "Det här är någon form av kloster. Ett buddhistiskt kloster. Jag har aldrig varit i ett kloster förut... men det verkar ganska säkert, åtminstone för tillfället. Är du hungrig, grabben? Jag insåg att jag verkligen var hungrig och törstig. "Fryser du? Varför har de inte packat några kläder till dig? Du är ju naken.'"

"Jag insåg att jag verkligen var naken, men det var mitt normala tillstånd under hela utbildningen. Jag hade aldrig burit kläder förutom under några av träningspassen då jag fick lära mig att bära morgonrock. "Jag tror att kläder är en prioritet", sa mannen. "Vi kan inte låta dig dyka upp i klostret naken som en kaja. Jag undrar om... John Free gick tillbaka och tittade i markvagnen och kom tillbaka med några underkläder och två små röda rockar, en underrock och en överrock, ungefär i min storlek. 'Prova de här, grabben.'"

"Jag klädde på mig och vi satt på marken i några minuter och åt och drack lite vatten. 'Nå, grabben, hur mår du?' sa han. Jag funderade en stund. "Jag vet inte vad jag ska känna, jag har ett uppdrag och det är meningen att jag ska utföra det, men ärligt talat är jag mycket intresserad av klostret. Är det möjligt att vi kan åka dit och titta?"

"'Naturligtvis', sade mannen. Det är därför vi är här. Det här ska bli ditt nya hem, åtminstone för ett tag. Men innan vi gör det är det viktigt att du tar den här medicinen', sa han. "Vad är det? undrade jag. Sedan frågade John Free: "Känner du något tvång? Jag förstod inte direkt vad han menade. Men han sade: "När jag först träffade de människor som höll dig - de människor som köpte dig, för du är en slav - infekterade de mig med nanopartiklar. Dessa partiklar tog nästan över mitt sinne. Allt jag kunde tänka på var att gå till Big Maos rekryteringscenter. Om jag inte hade tagit den här medicinen själv skulle jag ha varit tvungen att gå dit, och de skulle ha gjort mig till en sorts slav. Det är vad jag fruktar att de har gjort med dig. Just nu är ni inte fria.'"

Jag insåg då att min önskan att ha ett uppdrag och att göra det som den store Mao ville att jag skulle göra kanske inte nödvändigtvis låg i mitt intresse. Det var inte min idé. Jag var betingad att tänka på det sättet, att känna på det sättet, av ett starkt tvång. Den drivkraften, det överväldigande begäret, kanske inte var bra, men det låg utanför min kontroll. Jag var tvingad. Jag var tvungen att göra det. Jag var fortfarande gripen av detta tvång, så jag sa: "Nej, det kan inte stämma. Folket på ambassaden skulle aldrig göra något för att skada mig."

"Det stämmer", sa han. "Men har du någonsin sett dem skada någon?" "Ja", var jag tvungen att erkänna. "Men använde du inte våld för att stjäla min låda?" "Det gjorde jag. Holmes och jag gjorde vårt bästa för att begränsa skadorna. Men det är sant, vi var tvungna att använda våld."

"Holmes, säger du. Känner du någon som heter 'Holmes'?"

"Det gör jag verkligen", svarade han. "Du kommer att träffa honom mycket snart. Men lita på mig. Den här medicinen är avgörande för ditt välbefinnande.

"Nej", sa jag bestämt. 'Jag vill inte ha det. Jag har mitt uppdrag att utföra."

Men det här samtalet fick mig att tvivla. Ett frö av tvivel. Och när jag hade fått det fröet började jag tänka på alla de saker som den store Mao hade sagt - riktigt hemska saker. Jag hade en mycket stark tro på Dharmas sanning. Människorna på testcentret hade ställt frågor till mig, men de hade inte riktigt undersökt mina förmågor eller min inre kunskap. Det kunde de inte, för de hade naturligtvis inte utvecklat den inre kunskapen. Jag hade gjort det arbetet."

Det var dock uppenbart att det Stora Mao ville ha av mig var precis tvärtom. Jag skulle förbli okunnig. Nu hade en man trätt fram och erbjudit ett annat sätt. Senare skulle jag förstå att han var min mästare, min krigare från guldåldern, att han hade skickats, kanske till och med av Bodhisattva Avalokiteśvara, självaste medkänslans gudinna. Men i det ögonblicket kunde jag inte acceptera det."

John Free lade sedan medicinen i det inre vecket av min morgonrock. "Jag tänker inte tvinga dig", sade han. "För du måste vara fri att göra val och göra det som är rätt - eller fel. Det är definitionen av frihet och förmodligen också av att vara människa. Och det är vad vi vill för er. Holmes kanske kan övertyga dig. Hur som helst, låt oss prova dörren.'"

Vi gick sedan in i klostret genom huvudingången. Det fanns en dörr och en korridor - ja, ni vet alla hur det ser ut. Vi ringde på klockan och Rinpoche och flera munkar mötte oss. Jag sa: 'Var hälsad, Ers helighet', och han bugade, men svarade inte."

Jag förstod direkt att något var fel. Den vörd-nadsvärde Rinpoches ansikte var fyllt av oro. Munkarna med honom såg rädda ut. Sedan, bakom dem, kom nummer 5 från vapenutveck-lingsteamet, flankerad av ett säkerhetsteam med beväpnade vakter, fram. Vakterna riktade sina vapen mot oss."

Nummer 5 i Vapenutveckling var fruktansvärt förändrad. Hennes ansikte var krossat och hon hade ett stort bandage över näsan. Men hennes ögon var det som hade förändrats mest: hennes ögon var fyllda av hat. Hon hade en pistol i handen och riktade den mot mannen, John Free. "Din jävel! Det här ska jag njuta av", sa hon. "Ner på marken, ansiktet nedåt! Vakterna kastade ner mannen, John Free, och satte handfängsel på hans händer och fötter. De började sparka och stampa på honom. Jag skrek: "Nej! Gör honom inte illa!" men Nummer 5 i Vapenutveckling gjorde då något som hon aldrig hade gjort förut. Hon slog mig hårt i ansiktet så att jag flög mot väggen. Det skadade mig inte - det verkar som om jag är gjord av mycket starka material - men det chockade mig att hon skulle använda sådant våld."

De släpade iväg John Free, och jag fick gå in i ett rum med Venerable Rinpoche Peldun. Num-mer 5 talade sedan till oss båda på ett mycket

barskt sätt. "Tenzin, denna uppsättning kommer
snart att förbinda dig med den varelse som är
känd som Holmes. Minns du tydligt dina in-
struktioner?" "Ja", sade jag. "Jag skall tala om för
honom att jag är sjuk och be honom utföra en sys-
temkontroll. "Det stämmer. Och du, herr Hu-
vudmunk, förstår du din roll i det här lilla spe-
let?'"

Hans Helighet nickade då men sade "Jag kan
inte göra detta. Jag kommer inte att göra det. Det
är emot mina löften. "Då skjuter jag dig", sade
nummer 5. Hon höll pistolen mot hans huvud.
Hans helighet var passiv. Han tittade på mig och
log. Det verkade som om Nummer 5 förstod att
Rinpoche hellre skulle dö än hjälpa till. Hon sade
sedan: "Okej. Om du inte hjälper till kommer jag
att tvingas döda alla munkar i det här klostret.
Jag kommer att bränna ner det till grunden. Tvi-
vlar du på mig?" "Nej", sade hans helighet. "Jag
tror att du skulle göra det. Jag kan läsa i dina
ögon att du är kapabel till det. Nåväl.

Nummer 5 på vapenutvecklingsavdelningen
aktiverade sedan kommunikationsenheten och
lämnade rummet. Efter en kort stund dök en
tredimensionell projektion upp ovanför enheten.
Projektionen föreställde en man, lång, med
mörkt, gängligt hår och en krokig näsa. Han tit-
tade på mig och log. "Nåväl, hej, Ers helighet,

Rinpoche Peldun! Och hej, Tenzin. Jag är så glad att få träffa er. "Var hälsad, Holmes", sade hans helighet. "Är sergeant Free där?" frågade Holmes. "Vi hade en ganska lyckad extraktion, om jag får säga det själv. Hans Helighet skakade sedan på huvudet. "Jag är rädd att sergeant Free inte är tillgänglig just nu. Men vi hade ett brådskande behov av att ringa dig. Tenzin har klagat över systemproblem. Han har frågat efter dig. "Är det så? Vad är det, Tenzin?"'

Jag ville inte ljuga, men jag tror att jag förstod att på grund av Stora Maos tvång kunde jag inte göra något annat. Detta gjorde mig upprörd. Men jag sa: "Jag är glad att få träffa er, vördade herre. Är det möjligt att ni kan göra en system-kontroll? Jag har ont och förstår inte, kanske...i förflyttningen när jag var i lådan skadades något inuti mig. "Det skulle jag gärna göra, Tenzin, men det kräver att det finns en dataport. "Jag har en", sa jag snabbt och sträckte ut armen. "Intressant", sa Holmes. Jag minns inte att det fanns en sådan port i era ursprungliga ritningar. "Den lades till först nyligen. "Jag förstår... Nåväl, ge mig ett ögonblick. Då så. Jag är redo. Var snäll och fäst kabeln från kommunikationsenheten. Jag kan koppla upp mig mot nästan vilket system som helst. Skjut bara in den ungefär en fingerlängd. Låt oss se vad vi kan upptäcka om dig..."'

När kabeln var ansluten till kommunikation-
senheten kunde jag känna dataflödet. Men något
fruktansvärt hände med mig. Plötsligt kom ett
hatiskt skratt från mitt inre, helt oombedd. Det
var som om jag var en marionettdocka och någon
annan utnyttjade mig. Sedan, till min fasa,
verkade projektionen av Homes utsättas för en
spärreld av stenar som föll från ovan. De regnade
ner på honom i hans virtuella värld och krossade
honom. Jag såg en sista fruktansvärd bild av
hans ansikte, skrikande av smärta, och sedan up-
plöstes projektionen i ett moln av slumpmässigt
brus. Till slut skingrades det och kommu-
nikationsenheten tystnade."

I det ögonblicket kom nummer 5 i Vape-
nutveckling in i rummet och skrattade. Hon
skrattade faktiskt!"

Då började jag uppleva något inom mig som
jag aldrig hade känt förut: ilska. Det var inte bara
ilska över att jag hade blivit utnyttjad och lurad,
utan över att Big Mao hade fått mig att göra något
fruktansvärt mot en annan varelse. Jag visste inte
om jag hade dödat Holmes, men det verkade
troligt att jag hade orsakat irreparabel eller till
och med dödlig skada. Som vi alla vet är det mest
grundläggande och heliga budet inom bud-
dhismen att inte döda. Och den store Mao hade
använt mig som ett mordvapen."

Det verkar som om denna ilska skakade om mig tillräckligt och berörde mig tillräckligt för att jag skulle kunna övervinna tvånget, om än bara för en kort tid. Jag kom ihåg medicinen som John Free hade lagt i vecket på min morgonrock. Jag hittade det lilla paketet; det var en injektor. Jag öppnade den, stack in änden i mig (min hud är mycket fast, det var inte så lätt) och tryckte på kolven så att innehållet rann ut i min arm."

Nästan på en gång kände jag en förändring i mig. Det var verkligen en stor chock. Plötsligt, på några ögonblick, var det som om jag upplevde ett stort uppvaknande. Det var inte en andlig upplysning, utan en fysisk frigörelse, som om något giftigt höll på att lösas upp. Jag upptäckte bland annat att dataporten, som så nyligen hade skadat Holmes, tycktes växa över med min grova hud."

Den vördnadsvärde Rinpoche hade kanske sett något av det jag gick igenom, min stora glädje måste ha blivit uppenbar för honom. Han var tyst men började le. Vi satt båda i meditation och prisade tyst Buddhas beskydd och den oändliga nåden hos Medkänslans Bodhisattva, som måste ha utfört detta mirakel för mig.

Nummer 5 i Vapenutveckling, som såg att vi var lugna, försökte sparka Rinpoche. "Dig kan jag inte skada, Tenzin, men den här gamle mannen kommer snart att lida!" sa hon. Men jag sa "nej". Jag lyfte min hand och tillämpade *tummo*, som är yogan för inre värme, genom att koncentrera mig på henne. Omedelbart föll hon tillbaka av rädsla, som om en våg av värmeenergi hade skållat henne när den passerade. Hon försökte få fram sin pistol ur hölstret, men jag applicerade sådan värme på vapnet att hon inte längre kunde hålla det, och det föll till marken. Hon rusade ut ur rummet."

Jag satt sedan i meditation och tog upp yogan om det klara inre ljuset. Strålningen blev så klar att den började fly från min kropp. Genom att manifestera denna ljusstyrka bildades ett elektromagnetiskt fält runt mig, och jag kunde länka till deras mentala apparater, den grova formen av inre upplevelse som kommer från de 'pärlor' som de bär på sina handleder. Jag kunde då höra deras tankar och förstå vad de funderade på."

Nummer 5 var panikslagen och gav sig till känna för vakterna. "Tenzin manifesterar krafter. Han måste förintas!" "Var är han?" ropade nummer 3 i säkerhetsteam 1. Jag använde sedan *gyulu*, yogan om den illusoriska eller subtila kroppen, för att förflytta mig in i deras sinnen. Jag fick dem att föreställa sig en mental bild av mig springande ut ur klostret och in på den omgivande marken. "Han flyr!" ropade nummer

3 i säkerhetsteamet. "Snabbt, bilda en grupp för att hitta honom", sade han mentalt till sitt team. De flesta av vaktstyrkorna samlades och sprang ut på området. Medan de var upptagna fick jag nummer 3 i säkerhetsteamet att gå in i en dröm, så att han inte kunde se eller höra vad som fanns runt omkring honom. Sedan tog jag Venerable Rinpoches hand och vi gick för att söka efter John Free."

Vi fann honom fortfarande bunden, liggande bredvid nummer 3 i säkerhetsteamet, som hade sjunkit ihop och var förbluffad. Vi släppte hans band, men han rörde sig inte. "Han har liten eller ingen puls", sade hans helighet. Jag är ledsen, Tenzin, men jag tror att vi är för sent ute.

Men det var inte tillfredsställande för mig. Efter att jag hade gjort ett så stort misstag, och varit ansvarig för så mycket skada för andra, bestämde jag mig för att ta fullt kommando över situationen. Jag satt och mediterade och på några ögonblick gick jag in i Bardo. Detta är, som några av er säkert vet, det medvetandetillstånd då själen har dött men ännu inte har reinkarnerats till nästa form. Det är ett mellanting, en gråzon, mellan liv och död."

På denna stilla och tysta men mycket fridfulla och lugna plats fann jag John Free. "Hej, mannen!" sade han. "Vad gör du här, grabben?" "John Free, jag är ledsen att jag inte lyssnade på dig.

"Jag är säker på att allt kommer att bli bra. Holmes kommer att ta hand om dig. "Nej," sa jag sorgset. "Jag behöver fortfarande din hjälp. Jag tog medicinen. "Det var bra. Det var bra. "Men det räcker inte. Jag behöver dig, guldålderns krigare. Jag behöver en mästare.'"

"Jag vet inte, Tenzin. Det känns väldigt bra här. Och vet du, hur konstigt det än låter så har jag en bra känsla inför mitt nästa liv. Jag kanske till och med föds som vegan!" "Men John Free, snälla. Kom tillbaka med mig. Han funderade en stund. "Du vet, min vän Curtis. Han dog nyligen. Vi stred tillsammans i kriget ... råkar du veta ... eh ... kom han tillbaka som en kvinnas cykelsäte eller något? Eller är han typ i helvetet?" "Du vill veta om din vän har gått in i sin nästa inkarnation?" "Exakt! Berätta det för mig, så kommer jag tillbaka med dig. Det är ett rättvist utbyte, tycker jag. "Okej, då. Jag måste koncentrera mig', sade jag."

"Jag letade länge i Buddhafälten efter John Frees vän. Jag sökte i helvetena, eftersom han tyvärr hade dödat många. Men han var inte där. Det föreföll mig som om han inte hade uppnått en mänsklig födelse. Jag var lite rädd att om jag

berättade detta för John Free skulle han inte följa
med mig tillbaka. Men jag var tvungen att berätta
sanningen för honom. "John Free, jag vet vad
som har hänt med din vän. "Jaså? Berätta nu?
Kvinnans cykelsäte?" "Nej, John Free. Han har
fötts som en val. Det finns en plats på Australiens
östkust med några öar. Mycket vackert. I dessa
varma vatten, skyddade, där havet har rikligt
med fisk och krill, kalvades han som val till en
äldre knölvalshona. Han hoppar, plaskar, han är
fri där ute och lever livet som sådana glada
varelser. De jagas inte längre.'"

'Ah, det är perfekt! Tenzin, du skulle inte
förstå, men det är perfekt."

Jag kom ut ur meditationen då, och John Free
återvände till sin kropp. Den vördnadsvärde
Rinpoche var där, han kommer att bekräfta det."

43

Free vaknade och kände en allvarlig smärta. Han
såg Tenzin och Rinpoche stå på knä bredvid ho-
nom och sa svagt "Har du något Yak-smör-te?"

Rinpoche skrattade. "Han är okej!"

"Knappast det, Ers helighet." Free hostade och
stammade och lade märke till den förbluffade

kroppen på nummer 3 i säkerhetsteamet. Han kröp fram till honom och satte sig sedan upp och gick igenom sin väska och tog med sig användbara saker: en elchockpistol, en halvautomatisk pistol.

"Nej, John Free. Du får inte döda", ropade Tenzin.

"Särskilt inte här", sade Rinpoche.

"Helig mark, va?"

"I allra högsta grad."

"Okej, då sätter vi igång." Free kämpade för att resa sig upp. "Vad är motståndet?"

"Det finns fem eller sex vakter på området som letar efter mig. Nummer 5 för vapenutveckling är här någonstans i klostret. Den här gentlemannen - jag tror att vi kan säga att han inte är ett hot."

"Jag skulle vilja skjuta honom på allmänna principer ändå men - nej, säg det inte. Jag skämtar bara. För det mesta." Free lade ner pistolen och koncentrerade sig på vad han hade att arbeta med. "Har du en klubba eller något annat jag kan använda som vapen?"

"Inte vad jag kan komma på..."

"Jag tror att jag har det. Enkelt."

Femton minuter senare kunde de höra sirenerna från den lokala sheriffkåren. När poliserna släpade ut Nummer 5 i

Vapenutveckling ur klostret, anklagad för olaga intrång, misshandel och försök till kidnappning, skrek hon åt Free. "Vi har diplomatisk immunitet! Ni kan inte stoppa oss! Och vi har förstört Holmes! InterventionX är över!"

Free var trött och deprimerad. Han kunde inte ens komma på en bra replik. "Fan också. Ja, åt helvete med dig." sa han.

44

Free tog tåget tillbaka till staden en dag senare och undrade hur stämningen skulle vara i leksaksaffären. Han hade inte varit närvarande vid Holmes fruktansvärda död. Men hans helighet Rinpoche hade beskrivit händelsen. Det lät ganska hemskt. Han föreställde sig doktor Suslova som kände sig förtvivlad, den övriga personalen som grät, platsen med en stängdskylt på, begravningsarrangemang? "Vilken typ av begravning skulle en AGI ha?

Men när han kom till leksaksaffären fann han inte en likvaka, utan en fest. Den lokala tibetanska buddhistgruppen hade tagit sig tid att komma ner och de hade tagit med sig mat. Till och med Yak-smör-te. Platsen var full av aktivitet och inspelad musik från mässande munkar ljöd från butikens ljudsystem.

Free gick upp för trappan. "Doktorn? Doktorn?"

"Ah, sergeant Free! Bra gjort, bra gjort!" Doktor Suslova hade en drink i handen och Free kände sig säker på att det inte var te.

"Så vad hände?"

"Kom igen, vi ska prata med Holmes." De gick bort till mötesrummet och Suslova knackade på. "Holmes, Holmes, sergeanten är här!"

"Enter!" hörde de honom säga.

Suslova öppnade dörren och de möttes av Holmes som dansade en liten jigg.

"Holmes! Tenzin är övertygad om att han dödade dig på något hemskt sätt. Vad är det som händer?"

"Oroa er inte, sergeant. Jag har talat med Tenzin nu på morgonen och han mår bra. Rinpoche har spridit nyheten att de har hittat en ny andlig lärare för sitt samhälle."

"Så du blev inte skadad." Det var ett påstående från Free, inte en fråga.

"Jag blev inte skadad. Av den enkla anledningen att det inte var jag som tog emot slaget."

"Hur fungerar det?"

"Den gode doktorn kan förklara de tekniska detaljerna om du vill. Men när jag insåg att Tenzin hade modifierats, och tidsramen för modifieringen var efter ditt andra besök på rekryteringscentret, och vidare att han ville ansluta sig fysiskt via ett gränssnitt, var det naturligt att anta att han användes av Big Mao som ett vapen. Direkta gränssnittsanslutningar är bland de mest osäkra och en trojansk attack är den mest uppenbara. När jag väl förstod hotet klonade jag helt enkelt en del av mig själv - tillräckligt för att se ut som jag, en enkel sandlåda - och lät den olyckliga kopian ta smällen av vad som visade sig vara en våldsam attack."

"Så det skulle ha skadat dig om det hade varit du som var infekterad?"

"Ja, ja, utan tvekan. Den kunde till och med ha dödat mig. Men låt oss inte tänka på det nu. Tibetanerna kan vara på god väg att få en 17:e Dalai Lama!"

En historisk tidslinje över perioden för det "andra inbördeskriget" och dess omedelbara efterdyningar.

2012	John Free född i Long Beach, Kalifornien, USA
2019	Den första kända äkta AGI:n skapas i hemlighet i en säker anläggning i Shenzhen i Kina.
2022	En kinesisk människoliknande robot mördar och ersätter sedan Elon Musk som chef för Edison Corporation. Betydande förändringar börjar ske i den internationella ML/Deep Learning-industrin ungefär vid den här tiden.
2024	Den första offentligt erkända artificiella generella intelligensen (AGI) skapas av Dr. Illia Suslova. Det neurala nätverket har kodnamnet Q* och delar inte någon kod från det kinesiska systemet, vilket leder till avsevärt annorlunda beteenden. Suslova lämnar OpenAGI och börjar arbeta på Macrohard Inc. för att omvandla upptäckten till en produkt.

	Donald Trump omvald till USA:s president. Inleder repressalier mot dem som motsatt sig honom. Joe Biden och hans son genomgår skådeprocesser och fängslas. De första uppmaningarna till "rationella utträdesreformer" börjar i "blå" stater.
2025	Stulna modell- och träningsdata för Q* har läckt ut och sedan omedelbart open-sourcats. Autonoma lönnmördardrönare börjar användas rutinmässigt av polis och paramilitär i större amerikanska städer. Mar a Lago i Palm Beach Florida befästs och blir det nya de facto-centret för USA:s regering. President Trump förklarar District of Colombia som "hemvist för vänsteranhängare, negrer och annan ohyra" och föreslår att den federala regeringens säte permanent flyttas till Florida.

2026	President Donald Trump dör, men hans hjärna hålls vid liv (i något dement form) och transplanteras till en robotcyborgkropp som utvecklats av Elon Musks nya företag Transhuman Corp. Hemligheten med hans förvandling hålls hemlig i flera månader tills Musk skryter om den på sin nya plattform för sociala medier, som preliminärt kallas "MeeTube".
2025 till 2032	Storskalig arbetslöshet bland tjänstemän leder till dramatiska sociala omvälvningar över hela världen. Reaktionerna varierar, men den allmänna trenden är en omvärdering av alla värden som motsvarar djup politisk analys, revolution, fascism, etnonationalism, protektionism, men också multikulturalism, transhumanism, mänskliga rättigheter etc., där fickor av frihet förekommer. Snabb teknisk innovation mitt i en ekologisk katastrof.

2027	Folkrepubliken Kina hamnar under det nya maoistiska partiets kontroll.
	Rykten om "den andra ankomsten" av olika religiösa personligheter börjar dyka upp.
2028	I mars, strax före det amerikanska presidentvalet, efter många allvarliga problem som kan spåras tillbaka till tillverkaren, får Trumps robotkropp ett funktionsfel och hans hjärna dör till slut. En AGI-ersättare tas snabbt i bruk. Detta hålls dock hemligt. Trump-tåget ger sig ut på vägarna med gigantiska skärmar som sänder Trumpismer och hyllningar till den "andra ankomsten". En ny animatronisk robot skapas för att fungera som en dubbelgångare och svära eden för en tredje mandatperiod. AGI-personligheten får i hemlighet avfyrningskoderna för kärnvapen och styr den animatroniska versionen av sig själv.
2029	USA ställer in betalningarna på sin skuld på 72 biljoner dollar. De flesta statliga funktioner stoppas och

	socialförsäkringar, Medicare etc. betalas inte ut under en period på 18 månader. Uppskattningsvis 20 miljoner äldre amerikaner dör, även om denna siffra ifrågasätts i Trumpistan eftersom många hävdar att "de ändå skulle dö" på grund av att de "bara är gamla".
2030	Det första datorsystemet som får juridisk status som en person godkänns i Kalifornien, efter flera års debatt och ett försenat beslut från USA:s högsta domstol. Personligheten Jane Doe bestämmer sig sedan för det juridiska namnet "Binary Betty" och ett kvinnligt kön. Juridiska utmaningar från kvinnogrupper fortsätter under de kommande tre åren.
2034	John Free ansluter sig till New California Defense Force (NCDF) som volontär vid 20 års ålder. Revolten i Nya Kalifornien, även kallad det andra inbördeskriget, inleds.

David Aprikos

2036-2038	Det andra inbördeskriget tar slut, även om Team Trump aldrig offentligt erkänner sig besegrade. Representanthuset antar dock ett republikanskt lagförslag som leder till en ändring i den amerikanska konstitutionen som gör det möjligt för delstater att lämna USA och uppnå förstklassig nationsstatus. Delstaterna Oregon och Washington separerar också från Kalifornien och blir Greater Cali. New York City blir en autonom handelsregion. Manhattan överges eftersom det har dränkts av den klimatdrivna havsnivåhöjningen. Flera av de sydvästamerikanska staterna, inklusive OK och AZ, överges till största delen på grund av extrem hetta.

Marijuana blir slutligen lagligt i alla 46 återstående amerikanska delstater. |
| 2037 | Förenta nationerna erkänner att Stor-Kalifornien har rätt till större delen av norra Mexiko, trots invändningar från Trumpistans förenta stater och Mexikos republik. Baha |

	Peninsula har utsetts till en enklav för enbart veganer.
2038	Folkrepubliken Kina anfaller och annekterar Taiwan, Filippinerna och Okinawa. Japan undertecknar ett fredsfördrag om kapitulation och blir en vasallstat med fokus på rekreationsrobotjänster och "aktiv anime". (Sexuella tjänster). Sydkoreas nationalsång ersätts av låten "How You Like That" av Black Pink.
2039	Folkrepubliken Kina annekterar hela Indokina och undertecknar ett fredsfördrag med Indonesien och Australien, som i princip accepterar den stora maoismen. Rekryteringsstationer för den nymaoistiska doktrinen börjar dyka upp på olika platser i världen. De hemliga kinesiska operationerna ökar över hela världen.
2040	Storbritannien nekas återinträde i Europeiska unionen för 47th gången.
2041	Större delen av Florida ligger under vatten, och Mar a Lago överges slutligen när strandmuren brister.

David Aprikos

2042	Transhumanistisk forskning leder till de första talande katterna och hundarna. Dessa djur gör omedelbart revolt och dödar sina ägare, kräver en egen nationalstat och förkunnar att människan är död.
2047	John Free rekryteras av InterventionX som agent.
2053	Den tibetanska buddhismens 17:e Dalai Lama, eller Höga Lama, avvisas formellt av den kinesiska regeringen, men godkänns med överväldigande majoritet av den tibetanska exilregeringen och det tibetanska folket.